AF197960

Tucholsky Wagner Zola Scott Sydow Freud Schlegel
Turgenev Wallace Fonatne

Twain Walther von der Vogelweide Fouqué Friedrich II. von Preußen
Weber Freiligrath Frey
Fechner Weiße Rose von Fallersleben Kant Ernst
Fichte Richthofen Frommel
Engels Fielding Hölderlin
Fehrs Faber Flaubert Eichendorff Tacitus Dumas
Eliasberg Ebner Eschenbach
Feuerbach Maximilian I. von Habsburg Fock Eliot Zweig
Ewald Vergil
Goethe Elisabeth von Österreich London
Mendelssohn Balzac Shakespeare
Lichtenberg Rathenau Dostojewski Ganghofer
Trackl Stevenson Doyle Gjellerup
Tolstoi Hambruch
Mommsen Lenz Droste-Hülshoff
Thoma von Arnim Hanrieder
Dach Verne Hägele Hauff Humboldt
Reuter
Karrillon Garschin Rousseau Hagen Hauptmann Gautier
Defoe Baudelaire
Damaschke Descartes Hebbel
Hegel Kussmaul Herder
Wolfram von Eschenbach Dickens Schopenhauer Rilke George
Bronner Darwin Melville Grimm Jerome
Campe Horváth Aristoteles Bebel Proust
Bismarck Vigny Barlach Voltaire Federer Herodot
Gengenbach Heine
Storm Casanova Tersteegen Grillparzer Georgy
Chamberlain Lessing Langbein Gilm
Brentano Lafontaine Gryphius
Strachwitz Claudius Schiller Kralik Iffland Sokrates
Katharina II. von Rußland Bellamy Schilling
Gerstäcker Raabe Gibbon Tschechow
Löns Hesse Hoffmann Gogol Wilde Vulpius
Luther Heym Hofmannsthal Gleim
Roth Klee Hölty Morgenstern Goedicke
Heyse Klopstock Kleist
Luxemburg Puschkin Homer Mörike
La Roche Horaz Musil
Machiavelli Kierkegaard Kraft Kraus
Navarra Aurel Musset
Lamprecht Kind Kirchhoff Hugo Moltke
Nestroy Marie de France
Laotse Ipsen Liebknecht
Nietzsche Nansen
Marx Lassalle Gorki Klett Ringelnatz
von Ossietzky Leibniz
May vom Stein Lawrence Irving
Petalozzi
Platon Knigge
Pückler Michelangelo
Sachs Poe Kock Kafka
Liebermann Korolenko
de Sade Praetorius Mistral Zetkin

Jean-Jacques

Karl Gutzkow

Impressum

Autor: Karl Gutzkow
Umschlagkonzept: toepferschumann, Berlin

Verlag: tredition GmbH, Hamburg
ISBN: 978-3-8424-0761-9
Printed in Germany

Der Flüchtling

»Haltet den Dieb!« rief es in den Frühstunden eines nebligen Ok-
tobertages durch eine der dichtest bevölkerten Straßen von Paris.
Rasch waren Polizeisoldaten zur Hand. Wir schreiben 1750.
Die Polizei von Paris stand damals noch nicht auf jener Höhe, auf wel-
che sie die Gisquet und Persigny in Louis Philipps und Napoleons
III. Tagen gebracht haben.

Doch alarmierte ein am hellen Tage und unter so vielen Menschen ausgestoßener Hülferuf Häscher genug, und die freiwillige
Polizei, die zu spielen der rechtschaffene Bürger immer aufgelegt
ist, schloß sich sogleich in Scharen an, die Verfolgung eines jungen
Menschen zu unterstützen, der aus einem Laden am Seine-Quai
eine Uhr entweder gestohlen hatte oder hatte stehlen wollen.

Paris ist jenseits der Seine, wo der Bürger, der Beamte, der Gelehrte, der Student wohnt, wo die Gerichte und die Märkte gehalten
werden, des Vormittags so volkreich, daß ein Flüchtling bald unter
der Masse verschwindet, bald um eine Ecke der vielen alten Quer-
gäßchen springt, einen Weinschank erreicht und sich, wenn die
Umstände nicht zu ungünstig sind, sogar hinter ein Fenster stellen
und den Vorübereilenden eine Nase drehen kann.

Unser Flüchtling schien es noch besser haben zu sollen. Er fand
den in Paris noch seltenern Fall eines offenstehenden Torwegs,
sprang in diesen, wie er glaubte ungesehen, hinein, fand einen stil-
len Hof, schlich sich die Treppe hinauf, hockte dort eine Weile und
würde sich haben wohlgemut wieder auf die wahrscheinlich inzwischen sicher gewordene Gasse begeben können, wenn nicht plötzlich der Torweg wäre geschlossen worden und der Ruf:»Haltet den
Dieb!« nun im Hause selbst vernehmbar ihm auf den Fersen gefolgt
wäre.

Jetzt stieg der Bedrängte von Treppe zu Treppe, fand eine geöff-
nete Tür, die auf das Plattdach des Hauses führte, und entschloß
sich zu einem halsbrechenden Spaziergang zwischen den Schornsteinen und Giebeln quer über die luftigen Häuser hinweg. Ein
Verfolgtwerden brauchte er hier nicht mehr zu fürchten. Es kam

nur darauf an, irgendwo unter sicheren Umständen wieder auf die Erde zu gelangen.

Der Nebel gestattete auch hier einen Vorsprung. Bis die Leute auf die Dächer stiegen, und das mußte man, um auch nur über ihre Querfläche hinwegsehen zu können (die Höfe und Gassen in Paris sind zu eng, um von jedem Fenster aus sogleich auf ein Dach blicken zu können), hatte der Flüchtling schon einen sichern Versteck gefunden, hinter dem ihn niemand suchte. Er streckte sich zwischen einigen Schornsteinen platt auf die Schiefer und hörte auch den Lärm der Verfolger allmählich verhallen. Da nichts mehr zu ihm heraufdrang als von unten her das Rollen der Wagen und das Geschrei der Ausrufer, so schlich er sich vorsichtig weiter und suchte eine Gelegenheit besserer Unterkunft. Er hoffte auf ein offenstehendes Dachfenster. Er fand ein solches. Es war in der Straße La Grenelle St.- Honoré und zu seiner besondern Freude das Fenster einer Wohnung, die er sehr wohl kannte und wo man ihn ganz gern aufnahm, auch wenn man wußte, daß er eben in einen heimlich aufgedrückten eleganten Laden eingetreten war und mit raschem Griff eine Uhr hatte stehlen wollen. Hatte doch Pierre Levasseur, der Bruder einer Schwester, die hier wohnte, seine Bekanntschaft schon im Zuchthause gemacht, hatten doch beide erst gestern soviel Pint guten Macon vieux zusammen in einer Spelunke am Palais Royal getrunken, bis sie die Versicherungen ewiger Freundschaft mit ihren schweren Zungen nicht mehr aussprechen könnten. Hier beim alten Matthieu Levasseur, bei Mutter Levasseur, bei Pierre, Fanchon, Lisette, Therese Levasseur hoffte er, um einen Rückfall in die Unarten, die ihm schon zwei Jahre Zuchthaus gekostet hatten, nicht so übel aufgenommen zu werden wie zum Beispiel von einem der Herren Professoren, die da drüben in der Sorbonne eben einen Kursus über Moral lasen.

Vorsichtig wie ein Marder und behend wie eine Katze schlich der junge Mensch seinem Ziele entgegen. Einige Sprünge, und er war an dem Staatsfenster der drei, die zur Wohnung der ihm befreundeten Familie gehörten. Eine Dachrinne schützte den Tollkühnen vor dem Ausrutschen und Hinunterstürzen auf das sechs Stock tieferliegende Straßenpflaster. Wohlgemut schwang er sich um den Hals des vorspringenden Dachfensters, stemmte die Beine in eine Dachziegellücke und wandte sich mit behutsamer Schwenkung so weit seitwärts, um sich überzeugen zu können, ob bei seinen Freunden jemand mehr zu Hause wäre als die jüngsten Bewohner, die kleine Madelon oder der dicke Paul, von denen die erstere, in ihrer Wiege oft sich selbst überlassen, dann wohl stundenlang zu schreien pflegte, während der einjährige Paul das Seinige tat, hülflos und verlassen wie er ebenfalls war, ihr zu sekundieren.

Das Rutschen des Flüchtlings hätte man in den Stuben hören müssen, wenigstens in der gewiß, zu welcher das Staatsfenster gehörte. Sogar ein Blumenstock fiel von des Flüchtlings nach Anhalt suchendem Fuß vom Gesimse des Staatsfensters in die Straße hinunter und konnte möglicherweise irgend jemand auf der Straße La Grenelle St.-Honoré ein Loch in den Kopf schlagen. Um so auffallender war die betrachtende, völlig ungestörte Ruhe, in die der Flüchtling einen hinter den zurückgezogenen weißen Vorhängen arbeitenden Schreiber versunken sah.

»Es ist Theresens Liebhaber«, flüsterte der Dieb vor sich hin, und bald auch hörte er die kleine Madelon heftig schreien, trotzdem daß sie nicht eingeschlossen war. Von »Theresens Liebhaber« sah man nichts als den Rücken, der krumm gebeugt über sein Papier sich lehnte, nichts als die Fahne der Feder, die etwas bedächtig in seiner Hand auf und nieder ging.

»Daß der Narr nicht gut sehen kann, weiß ich«, sagte der junge durchtriebene Mensch zu sich selbst, »aber es scheint, auch am Gehör fehlt ihm etwas, wie an seinem Verstand ohnehin.« – Er überlegte, ob er ans Fenster klopfen und Einlaß begehren sollte. Der Schreiber hatte offenbar nichts um sich her vernommen als das Kritzeln seiner Feder. Er arbeitete ruhig weiter. Madelon schrie, auch Paul wurde hörbar, und ein Hund bellte. Der Hund schien schon die Witterung des Flüchtlings zu haben. Nichts von alledem störte den Schreiber, der das, was er niederschrieb, nicht einmal selbst zu erfinden, sondern nur abzuschreiben schien.

Wäre der Blumenstock nicht in die Straße hinuntergefallen, so hätte der Flüchtling wohl noch eine Weile in seiner Lage ausgeharrt, trotzdem daß es zu regnen anfing. Die Kombination aber, daß durch jenen Fall seine Fährte könnte entdeckt werden, bestimmte ihn, mit der Überraschung, die er der Familie Levasseur zugedacht, nicht länger zu zögern, sondern ohne weiteres an die Fensterscheiben anzuklopfen und höflichst um Einlaß zu bitten. Gedacht, getan. Kräftig pochte er an die Scheiben des Fensters und sah den Schreiber natürlich im heftigsten Schreck aufspringen. Dieser, in seinem grauen Kamisol, das ihm fast bis an die Knie reichte, in Hauspantoffeln, eine Brille auf der Nase, mit unordentlich durcheinandergehendem, von aller Zopf-, aller Pudermode abweichendem blonden Haar, stand hinter den Scheiben verdutzt, schier aus den Wolken gefallen über einen Besuch, der sich vom Dache ankündigte.

»Herr Jean-Jacques«, sagte der Flüchtling, »vergeben Sie die Störung! Ich wollte nur fragen: Ist Pierre zu Hause?« Das Fenster wurde geöffnet. Herr Jean-Jacques drückte sein Befremden aus, wie man seinen Schwager Pierre so vom Dache aus durchs Fenster besuchen könnte.

»Ich hatte einen Krawall mit der Polizei«, sagte der Flüchtling, »eine kleine Bataille auf der ›Insel‹« – er meinte die innere Stadt – »bei der einäugigen alten Martonnière, die für ein paar zerschlagene Weingläser mehr Sous haben wollte, als ich gerade in der Tasche hatte. Sie wissen doch, Herr Jean-Jacques, daß ich ein guter Freund ...« – »Aber ist's denn möglich!« rief schon eine helle weibliche Stimme dazwischen. »Michel Labrousse! Bist du des Teufels?« – »Michel Labrousse?« widerhallte es jetzt schon von mehren Stimmen, die aus dem Innern der Wohnung drangen, und schon war Michel Labrousse im Begriff, sich mit einem Satz ins Zimmer zu schwingen, als sich mit Blitzesschnelle auch schon wieder die Szene veränderte. Ein junger Mensch brach in die Tür des Zimmers, rief in bleichem Schrecken aus: »Die Polizei!«, und im Nu ging die aufgeregte Physiognomie der vier bis fünf zurechnungsfähigen Wesen, die hier so plötzlich beisammenstanden, in einen dieser Mitteilung angemessenen Ausdruck über.

Zwei weibliche Wesen, ein junges und ein altes, voll Erstaunen, ein junger Mensch voll Furcht, der Schreiber wie einer andern Welt angehörend, der Flüchtling mit dem Ausrufe: »Reinen Mund!« zurück aufs Dach. Die Säbel der Gendarmen klapperten schon die Treppe herauf. Kräftige Stimmen ließen sich drohend genug vernehmen. Es ging rasch; aber doch nicht rasch genug, um sich nicht noch gegen die Gefahr waffnen zu können, wenigstens mit einer Lüge.

Die Häscher mit ihren Schleppsäbeln und dreieckigen Hüten waren eingetreten. Es hieß, man verfolge einen Flüchtling, der an der Seine am hellen Tage eine Uhr hätte stehlen wollen; über die Dächer entflohen, wäre der Dieb unzweifelhaft die Veranlassung gewesen zum Niedersturze eines Blumenstocks aus diesem Hause; ob man nichts hier auf dem Dache beobachtet hätte.

Ein starres Schweigen und gleichgültiges Kopfschütteln war die Antwort.

»Der Blumenstock ist aber der ihrige«, hieß es, »die Leute im Hause bezeugen es.«

Man blickte hin zum Fenster.

»Ja, ist's möglich«, sagte die jüngere der Frauen, eine stattliche Gestalt mit feurigen Augen unter dem rotgelben Kopftuche und die Arme in die hochgewölbten Hüften stemmend, »ja, ach, du lieber Himmel, es ist unser schöner Goldlack; aber, meine Herren, Sie sehen ja, es regnet! Das Wetter hat uns schon oft einen unserer Blumentöpfe so mitgenommen. Fanchon! Lisette! Wie oft hab ich euch nicht schon gesagt, daß die Töpfe angebunden werden sollen! O mein Goldlack! Mein prächtiger, herrlicher!«

Sie weinte laut, worauf sich noch einige jüngere Bewohnerinnen der Dachstube erblicken ließen. Und die ältere der Frauen, die Mutter der Schwestern, fing ebenfalls zu klagen an um den schönen, von ihr aufgezogenen Goldlack, dessen Scherben einer der Sergeanten noch in der Hand hielt.

Man öffnete das Fenster, rückte die Schreibereien des Herrn Jean-Jacques beiseite und lehnte sich hinaus. Der Regen strömte heftig. Es war jedenfalls lästig, eine trockene Nase in diesem Augenblicke so lange ins Freie zu stecken. Das Fenster wurde geschlossen, und da die Hartnäckigkeit der Ableugnung, man hätte auch nur irgend etwas Verdächtiges auf dem Dache bemerkt, dieselbe blieb, ja, sich den Kindern gegenüber, die man in die Kammer brachte, steigerte, so waren die Häscher schon im Begriff, sich unverrichtetersache zu entfernen. Die Erkundigung jedoch, die sie schon im Hinaufsteigen in diesen fünften Stock über die Bewohner desselben eingezogen hatten, schien ihnen wenigstens der Mühe wert zu sein, noch einige Fragen an diese, sie selbst betreffend, zu richten, und so wurde denn noch ihren geöffneten Brieftaschen mit Bleistift über die Bewohner von Nr. 14, Rue de Grenelle St.-Honoré fünften Stock, folgendes kurze Protokoll übergeben.

Der Schreiber

»Wer ist der Mieter dieser Wohnung?« fragte der erste der drei Sergeanten. – »Hier, Herr, hier, der alte Mann da!« hieß es. –»Wie heißen Sie?« –»Es ist Jean-Baptiste Levasseur, ehemaliger Weinbauer in Grenoble, Vater hier seiner Tochter Therese.« –»Wer sind Sie?« –»Die Mutter hier meiner Tochter Therese.« –»Wer ist der junge Mensch da?« –»Herr, das ist Pierre Levasseur, der Bruder seiner Schwester Therese, und das ist Fanchon, auch meine Tochter, wie die Schwarze da, die Therese, die Fanchons Schwester ist.« –»Wem gehören die kleinen Kinder da drinnen?« –»Das sind meine Enkel, Herr, die Kinder meiner Tochter Therese!« –»Ja, Herr, das sind meine Kinder! Ich bin ihre Mutter und heiße Therese Levasseur, wie Sie schon gehört haben werden, mein Herr!«–»Wer ist der Vater ...?«

Alles schwieg.

Es war eine Pause, die einem jener dunkeln Kapitel der Weltgeschichte gleichkam, über welche die Philosophie und Kritik Folianten geschrieben haben. Die ganze soziale Verfassung Europas lag schmerzlich beredsam im Schweigen, das sich von selbst beantwortete.

»Wovon nähren Sie sich?« –»Ich nähe, Herr ...« –»Und ich habe einen Handel mit alten Lappen und Kleidern ..., Herr ...«–»Und der junge Mensch da? Sie da, Herr Pierre?« – »Ich war in Sèvres. Ich bin Töpfer, Herr ...«–»Warum arbeiten Sie nicht?« –»Es ist Krieg, Herr! In Sèvres gehen die Geschäfte nicht.« –»Wer ernährt Sie alle? Wovon leben Sie? Wer bezahlt die Miete?«

»Ich, Herr!« sagte der Schreiber Jean-Jacques, mit Schüchternheit hervortretend.

»Sie sind der Vater dieser Kinder?«

»Ich bin es, ich bin der Vater!« war die Antwort, die aus dem Munde eines Fürsten zu kommen schien, aber aus dem Geiste eines Bedienten. Denn der Vortrag war ebenso befangen wie die Aussprache fein und gewählt.

»Sie sind nicht kirchlich eingesegnet ...?«

11

Herr Jean-Jacques, wie man sah, die Verlegenheit selbst, schwieg wieder und hatte auch nicht zu reden nötig, denn Therese Levasseur ergriff sogleich für ihn das Wort und sprach mit der ihr eigenen nachdrücklichen Geläufigkeit:»Nein, mein Herr, das sind wir freilich nicht; allein das hindert gar nicht, daß wir uns lieben!«

Die Kommissare der Polizei fanden solche Verhältnisse so häufig vor, daß ihnen diese Versicherung, die von dem jungen Wesen mit mehr Keckheit als Treuherzigkeit gegeben wurde, kein Lächeln abgewann. Auch der Mutter schnitten sie ihre Auseinandersetzungen ab, die darauf hinausliefen, daß sie sämtlich ihrer Tochter hierher gefolgt seien, als diese beim Servieren in einer Garküche, wo Herr Jean-Jacques sich in die Kost gegeben hätte, das Interesse des letztern erregt, sein Herz, seine Liebe gewonnen hätte, zu ihm gezogen wäre als die Führerin eines kleinen Hausstandes, der arm, aber reinlich, sauber, aber kostspielig u. s. w., u. s. w. wäre.

Die Kommissare wünschten von den geschwätzigen Leuten jetzt nur noch einige Details über diesen Herrn Jean-Jacques selbst zu wissen.»Sie heißen?« fragten sie. –»Jean-Jacques Rousseau.« – »Sind von Paris ...?« – »Nein, mein Herr, ich bin von Genf. Ich bin ein Schweizer.« – »Was führt Sie hieher?« – »Ich war Sekretär der Königlichen Gesandtschaft in Venedig.« – »Und beschäftigen sich jetzt ...?« – »Mit Notenschreiben.« – »Sehen Sie, da!« fügte schon wieder das lebhafte Temperament aller Familienmitglieder und das sichere Gefühl, Michel Labrousse säße zwar physisch sehr bedenklich im Regen, moralisch aber im Trocknen, in schnatterndem Durcheinander hinzu.»Sehen Sie, da! Das sind hier die Noten, welche die höchsten Herrschaften von ihm abschreiben lassen. So schreibt niemand in Paris, und Noten nun schon gar nicht. Und eine solche Handschrift hat in ganz Frankreich kein Kupferstecher. Und dieser Herr Jean-Jacques ist ein Schweizer, aber darum doch ein so guter Franzose und ein so guter Christ wie hier jeder andere und versteht mehr Sprachen der Welt, als worin manche Leute ihn examinieren möchten!« – Diese letztere Bemerkung kam von Theresen selbst, die sich schon wieder fühlte und mit ihren hölzernen Hackenschuhen eine Musik zu treten anfing, die das Tempo der sich steigernden Ungeduld annahm und in der Tat die Kommissare einschüchterte. Sie gingen, begleitet von einer erst beflissenen und im Gefühl der Sicherheit höhnend stark aufgetragenen Höflichkeit, dann von schallendem Gelächter, von Spott und dem nun wieder in ganzer Macht und Stärke zurückkehrenden Erstaunen da draußen über Michel Labrousse auf dem Dache.

Sein Wagstück war so kühn gewesen, daß es die Veranlassung einer polizeilichen Jagd auf ihn fast vergessen ließ. Man öffnete behutsam das Fenster, spähte überall umher. Der Regen hatte aufgehört, aber Michel war, wie man sagte, »leider« nicht mehr zu finden. »Wenn er sich nur nicht den Hals gebrochen hat«, sagte Pierre, der Porzellantöpfer von Sèvres, sein intimer Freund. – »Ach was«, rief Therese, »der klettert jetzt aufs Luxembourg hinüber und macht da der Herzogin durch einen Schornstein die Morgenvisite! Ha, ha! Schade, daß er ein Sattler, kein Friseur ist. Jetzt könnt er ihr durchs Kaminloch zurufen: ›Frau Herzogin von Luxembourg! Soll ich Ihnen die Papilloten brennen?‹ Ha, ha! Hier ist die Kneipzange dazu!‹ – Alles lachte durcheinander, die jüngeren Schwestern jubelten, Therese trällerte. Die Mutter rannte in die Küche, um die Suppe zu beaufsichtigen, die vielleicht inzwischen angebrannt war, der Alte wurde auf die Straße geschickt, Holzkohlen zu kaufen, Zwiebeln vom Gemüsehändler, Wurst vom Fleischselcher, Milch für die Kinder aus irgendeinem Keller.

Nur Jean-Jacques legte die Brille ab, die er, da er sehr kurzsichtig war, beim Arbeiten trug. Gerade an diese Herzogin von Luxembourg hatte er die Noten zu bringen, die da eben auf seinem Schreibpulte lagen. Und auch er lachte und sagte: »Der Spitzbube kann ja zu den Papilloten meine Noten nehmen, welche die Herzogin doch ins Kamin wirft, weil sie nach meinem System geschrieben sind, das sie auslachen wird und das sie auch wohl nur deshalb vom Musikmeister bestellen ließ!«

Diese Bemerkung veranlaßte keine andere Entgegnung als die: »Nein, nein, der Michel ist ein Sattler!« Und die Familie blieb nur bei seinem Mute stehen, wie der Franzose einmal ist, wenn er an sich irgend etwas Außerordentliches zu bewundern hat, das seiner Nation im allgemeinen und ihm im besondern zur Ehre gereicht.

Jean-Jacques zog sich an, bat Theresen, die Kassenführerin, um etwas Geld und versprach, zur Mittagszeit rechtzeitig einzutreffen, versprach auch, kein Kaffeehaus zu besuchen, weil er in solchen Fällen schon nicht selten ihr Mahl verschmäht hatte. Wie er sich seines Kamisols entledigt, sich gewaschen, sein Haar, das er auch auf der Straße im natürlichen Wuchse trug, etwas geordnet, sein bestes Kleid angezogen, einen Mantel übergeworfen und sich mit dem Regenschirm versehen hatte, stieg er mit den zusammengerollten Noten die Treppen nieder.

Unterwegs begegnete ihm ein Bedienter, weißgepudert, in langem, bis zu den Füßen gehendem Mantel und ein schlankes Bambusrohr in der Hand mit goldenem Knopfe. Er fragte nach Herrn Jean-Jacques Rousseau.»Der bin ich!« – »Sie kennen Herrn Baron von Grimm?« –»Nein!« –»Herrn Diderot?« –»Seine Schriften, nicht ihn selbst.«»Die Marquise von Epinay wünscht Sie wegen ...« Der Bediente stockte und zeigte eine Karte. Jean-Jacques nahm sie und las:»Die Marquise von Epinay wünscht die Notenschrift kennenzulernen, die Herr Jean-Jacques erfunden hat und von welcher die Herzogin von Luxembourg zu den Herren Grimm und Diderot gesprochen, die bereits die Ehre haben, Herrn Jean-Jacques zu kennen. Morgen um zwei Uhr.«

Noch war die düstere Wolke, die sich auf des Notenschreibers Stirn sogleich bei Nennung der Namen Grimm und Diderot gelegt hatte, nicht verzogen. Er hatte des Eindrucks gedacht, den es ihm gemacht, als er kürzlich, nach Hause kommend, von einem Besuche vernommen, den der berühmte Schriftsteller Diderot in Begleitung eines andern ihm abgestattet hatte in seiner Abwesenheit. Diderot, den plötzlich, wie man aus den Zeitungen ersah, wegen seiner Schriften polizeiliche Verfolgung bedrohte, war nicht wiedergekommen. Der Schreiber konnte sagen, zu seiner Freude, denn der Gedanke, daß ihn Diderot mit Theresen, ihren Eltern, ihren Brüdern hätte antreffen können, hatte ihn mit Schrecken erfüllt.

Nun wurde er sogar zu einer Dame gerufen, die ohne Zweifel schon die Verhältnisse kannte, in denen er lebte. Er hätte gern erwidert: Man schicke mir, was man abgeschrieben wünscht – doch drängte der Bediente zu einer bestimmten Antwort. So sagte er denn zu, daß er morgen um zwei Uhr zur Frau von Epinay kommen würde. Er ließ den Bedienten vorangehen und trat auf die Straße, erfüllt von dem Gedanken, ob der bezeichnete Diderot sein von ihm schon preisgegebenes Notensystem wohl billigen könne.

Die Vorfälle mit dem Besuch eines Diebes und mit dem Examen der Polizei vergaß er schon; Szenen solcher Verwilderung war er in der Lage, in die er sich einmal seit Jahren begeben hatte, gewohnt. Sie störten mehr sein Behagen, als sie sein sittliches Gefühl aufregten.

Frau von Epinay

Es lebte zu jener Zeit in Paris ein Deutscher, namens Grimm. In Regensburg geboren, hatte er eine gute Erziehung genossen, wurde Lehrer eines deutschen Grafen und kam mit diesem nach Paris. Hier verstand er sich durch eine seltene Gewandtheit im Französischsprechen und -schreiben, die er sich aneignete, durch mancherlei Talente und ein gefälliges Benehmen, besonders aber durch seine musikalischen Fertigkeiten, eine hervorragende Stellung zu verschaffen. Mit den berühmtesten Schriftstellern jener Zeit trat er in Verbindung, und vorzugsweise war es Diderot, der ihm ein inniger Freund wurde. Durch Diderot wurde Grimm in das Haus der Frau von Epinay eingeführt.

Diese Dame gehörte zu den Frauen, die damals die schöne Welt der Künstler, Gelehrten und Dichter um sich versammelten. Aus England war die Mode der »Blaustrümpfe« nach Frankreich gekommen, und bald eröffneten sich die sogenannten »Bureaux d'esprit«, jene geselligen Zirkel, die unter dem Schutz irgendeiner mächtigen und lebhaft fühlenden weiblichen Persönlichkeit in der Gelehrtenrepublik den Ton angaben. Nicht selten befehdete einer dieser Zirkel den andern, eine Dame beneidete der andern die Eroberungen, die sie unter den berühmten Namen des Tages gemacht hatte. Man geizte nach Auszeichnungen durch die Literatur. Man nahm Widmungen an, unterstützte die Talente und verlor sich, wie die Flamme des Geistes doch immer ein verzehrendes Material erfordert, mit diesem oder jenem der genannten Größen des Tages auch wohl in manche Verirrungen des Herzens, die jedoch von dem leichten Geiste der damaligen Sitten übersehen und in der Ordnung gefunden wurden.

Herr von Epinay war ein reicher Finanzmann, der die vollkommenste Achtung der Welt verdiente. Seine Gemahlin teilte diese Achtung, ließ sich aber in der festen Stellung, die sie für sich allein der Welt gegenüber einnahm, ebensowenig hindern als in der Gunst, die sie Grimm, dem gewandten musikkundigen Fremdling, widmete, der sich natürlich Baron nannte. Baron von Grimm galt für den Günstling der Frau von Epinay. Er musizierte mit ihr, er vermittelte ihre Beziehungen zur gelehrten Welt, und während die

Damen Gaussin, Houdetot, Bezenval, Tencin, Popelinière und andere in ihren Zirkeln jede einige Namen der damaligen, der Revolution vorarbeitenden Geistesrepublik für sich protegierte, versammelten sich bei Frau von Epinay alle die Namen, die späterhin die berühmte, für die Neuzeit so epochemachende »Enzyklopädie« herausgegeben haben.

Im vertraulichen Kreise, unter Diderot, Marmontel, St.-Lambert, Duclos, Condillac und anderen sozusagen belletristischen Philosophen, hatte Grimm von den musikalischen Streitigkeiten des Tages, woran er selbst als leidenschaftlicher Vertreter der Musik seines deutschen Landsmanns Gluck beteiligt war, Veranlassung genommen, von einer neuen Notenschrift zu sprechen, die ein wunderlicher, origineller Kauz schon vor einigen Jahren der Akademie vorgelegt hätte. Der berühmte Rameau hatte dies System, die Töne statt mit Noten mit Zahlen vorzuschreiben, nicht für neu erklärt, und die von dem damals jungen Musiker schon herausgegebene Broschüre war in Vergessenheit geraten. Inzwischen hatte die Herzogin von Luxembourg, die so leidenschaftlich das Piano liebte, neuerdings einem Notenschreiber, der vorläufig nur eine Partitur rasch für sich selbst notieren und dann später ausführlicher kopieren sollte, von dieser Abkürzungsmethode der Notenschrift berichten lassen, und auffallenderweise wäre jener Notenschreiber der Erfinder derselben selbst gewesen. Man hatte sich nun näher nach ihm erkundigt und den merkwürdigsten Lebenslauf eines Menschen erfahren, der nach einem kurzen Ausfluge zu einer gewissen, schon etwas versprechenden Bedeutung plötzlich wieder in die armseligsten Verhältnisse zurückgefallen war und in der Rue Grenelle St.-Honoré wohnte. Grimm erzählte, was man ungefähr von Rousseaus Lebenslauf erfahren konnte, wenn man sich bei Musikhändlern oder beim Dienstpersonal des Herrn von Montaigne erkundigte, den Rousseau als Sekretär begleitet hatte, als Herr von Montaigne französischer Gesandter in Venedig war. »Es ist ein Genfer«, hieß es, »der Sohn eines Uhrmachers daselbst; er entfloh seinem Vater, bei welchem auch er die Uhrmacherei gelernt hatte, kam nach Savoyen, wurde durch zwingende äußere Umstände katholisch, ging nach Turin, mußte daselbst Bedienter werden, hielt aber in keiner Position lange aus. In Chambery wurde er Musiklehrer, wollte komponieren, fiel mehrfach damit durch, kam nach Paris, wollte hier einen Anlauf zur

Unsterblichkeit nehmen, schrieb über Musik, komponierte eine Oper, besuchte die Akademiker, war aber, da seine Unreife ihn überall lächerlich machte, froh, eine Schreiberstelle bei Herrn von Montaigne zu finden, der ihn mit nach Italien nahm. Aus Venedig zurückgekehrt, gerät er hier in ein Verhältnis mit einer gewöhnlichen Grisette; diese zieht ihre Eltern und Geschwister nach sich, und so lebt denn jetzt dieser Mann, schon hoch in den Dreißigen, in einer lärmenden und gemeinen Umgebung, schreibt Noten, besitzt eine feine Einsicht in das, was er schreibt, und kann endlich auch seiner zierlichen Handschrift selbst wegen allgemein empfohlen werden.« So hatte Grimms Bericht gelautet.

Frau von Epinay besaß ganz die Frauennatur, die alles Seltsame und Unglückliche liebt. Sie wünschte den musikalischen Bedienten kennenzulernen. Daher die Einladung, die Diderot schon vor einigen Wochen auszurichten übernahm. Diderot übernahm sie, da er der Rue Grenelle St.-Honoré am nächsten wohnte. Doch geriet Diderot inzwischen in ernste Unannehmlichkeiten wegen einer seiner neuesten Schriften. Rousseau wurde vergessen, bis Frau von Epinay selbst auf ihn zurückkam und ihm die schnelle Abschrift einer kleinen Oper übergeben wollte, die einer ihrer Freunde zum Geburtstage ihres Gemahls komponiert hatte. Daher die schriftliche Einladung.

Jean-Jacques machte sich am folgenden Tage auf den Weg; er trug sich wie immer; nur feinere Wäsche mußte ihm diesmal Therese, den Umständen angemessen, geben. Um zwei Uhr stand er, mehr mißtrauisch als erwartungsvoll, vor einem Palais in der Rue Taitbout, wo Frau von Epinay wohnte. Leider traf sich, daß Frau von Epinay verhindert war, Jean-Jacques zu der Stunde, wo sie ihn bestellt hatte, anzunehmen. Die schöne Frau von Popelinière war leider gekommen, um sie abzuholen zum Herzog von Grammont, wo gerade der berühmte Mechaniker Vaucanson seine künstliche Ente Eier legen ließ! Es war das Ereignis des Tages, diese eierlegende, körnerfressende und sogar sie verdauende Ente Vaucansons! Man mußte es für ein Glück halten, in einem Zirkel wie dem des Herzogs von Grammont diese Ente bewundern zu dürfen, und man verurteile Frau von Epinay nicht! Sie hoffte beim Herzog von Grammont dem Erzbischof von Paris zu begegnen. Herr von Beaumont, der Erzbischof, war die Hauptperson, die den Spruch, der über ihren

Freund Diderot bereits erfolgt war, vielleicht noch mildern und ihn dem Beichtvater und der Gnade des Königs empfehlen konnte.

Armer Jean-Jacques! Das »Nebeneinander« unserer Weltbeziehungen kennt nur Gott und ahnt allenfalls ein Dichter, den man, wie den Schreiber dieser Zeilen, um seine Aufstellung eines Romans des »Nebeneinander« verhöhnt hat. – Die Dienerschaft sprach nicht von der Gefahr des mutigen Diderot, der einige Jahre auf der Festung von Vincennes sein freies Denken büßen konnte, sie sprach nur von dem für die Masse noch größeren Ereignis des Tages, Vaucansons künstlicher Ente. Du glaubtest dich dieser Ente geopfert, und doch opferte dich Frau von Epinay nur einem Werke der Liebe, das vorläufig noch etwas höher stand als das Glück, dich kennenzulernen!

Jean-Jacques stieg nicht wenig verdrießlich die Stufen des glänzenden Hotels nieder, das Frau von Epinay bewohnte. Für ihn war die Demütigung so gut wie erwiesen. Aber die Dame hatte ihn keineswegs vergessen. Sie hatte Befehl gegeben, daß der Portier ihn zum Haushofmeister hinaufschickte, und dieser hatte eine große Arbeit für ihn in Bereitschaft, die handschriftliche Partitur einer Oper, die im Familienkreise einstudiert werden sollte zu Herrn von Epinays Namenstage, einer Oper, die ein Dilettant verfaßt hatte. Er hatte das, was er zu finden erwarten konnte, ja, sogar etwas Besseres, als er gefürchtet hatte. Er hatte gefürchtet, man wollte sich über ihn, einen, ehe er nicht einmal emporgestiegen war, schon heruntergekommenen Schöngeist lustig machen. Und doch war es ein Sonnenstrahl gewesen ungewohnter, aufgegebener Träume, der so vor ihm hin zitterte und seltsam blitzte, als er am Hotel Epinay geklingelt und der Torweg, der in den Hof führte, aufgegangen war. – Die Erwartung war Schmerz geworden, ein Zucken des verletzten Ehrgefühls, ein Krampf des Zornes und eine Auflösung doch zuletzt nur wieder in Wehmut. Einsam war ihm zumute, und mitten im Gewühl der Straßen fing er schon sein gewohntes gedankenloses Träumen wieder an.

Jean-Jacques erwartete nicht mehr viel von der Welt. Er war vom Leben schon so hin und her geworfen worden, hatte für jene Zeit so außerordentlich viel schon gesehen, kannte Italien und Deutschland, hatte die reichste Vergangenheit hinter sich, eine Vergangenheit, die sich in einen Roman des Herzens teilte und in die Ge-schichte einer Selbstbildung ohne alle äußere Anleitung, welche zweite Hälfte nicht weniger ein Roman war.

Was umgab ihn jetzt? Jetzt, wo er noch ein halbes Kind war und doch schon fast vierzig Jahre zählte? Jetzt, wo es ihm oft war, als müßte sein Leben erst neu beginnen, und wo doch schon sein Haar zu ergrauen anfing? Was er erlebt hatte – an den reizenden Ufern des Genfer Sees, den schneebedeckten Felsenhäuptern von La-Meillerie gegenüber, im italienisch-sonnigen Tale von Chambery, in Turins prächtigen Straßen und Palästen –, das konnte ihm ja keine Zukunft wiedergeben! Er hatte zu zärtlich geliebt und war zu zärt-lich geliebt worden! Götterarme schon hatten ihn emporgehoben aus gemeinen Verhältnissen, er hatte den Nektar der Poesie, das Ambrosia der Wissenschaften mit seinen Lippen gekostet; was war im Vergleich mit seiner wunderbaren überseligen Vergangenheit bei seiner ersten Liebe, seinem »Mütterchen«, Frau von Warens, nun seine Gegenwart? Schale Wirklichkeit, unwürdige Existenz, die er ertrug, weil er sich matt, unendlich müde fühlte, er, der selbst in Venedig, selbst unter schwirrenden Masken in toller bacchanali-scher Musik der reizendsten Schönheit gegenüber, die vom ver-schwiegenen Gondeldach an der Marmortreppe eines Palastes nur landen konnte – Zulietta hatte sie geheißen – nur an die Vergangen-heit denken und statt sie zu umarmen, weinen mußte. Der Traum der Poesie war ihm längst verflogen, die Himmelsleiter, die ihn zu den Sternen führen sollte, war ja zu kurz gewesen, die letzten Sprossen fehlten, er war wieder niedergestiegen, hatte die Leiter umgestürzt und trug jetzt – die Jacke eines Schreibers mit den Über-schlägen gegen Tintenbeschmutzung! Wäre Frau von Epinay ge-neigt gewesen, ihm ihre Livree anzubieten, er hätte nicht die Kraft gehabt, sie auszuschlagen; er wäre wieder Lakai geworden, was er schon vor achtzehn Jahren in Turin war, in Turin, wo er seinen Glauben wechseln mußte, um nicht zu verhungern. Jean-Jacques, der nie eine Kirche besuchte, der zuweilen tolle Anfälle bekam, wo sich sein Geist wie mit einem einzigen Ideensprunge neben die Größten seiner Zeit, selbst Voltaire, zu stellen vermaß, Jean-Jacques, der zuweilen einen König suchte wie Friedrich in Sanssouci und ihm gegenüber hätte treten mögen mit dem Ausrufe:»Sei du Ale-xander, ich will dein Aristoteles sein!« – er war nun schon so gewöhnt an diese sogleich wieder eintretende Erschlaffung und Mutlosigkeit, daß ihm der Zufall jede, auch die unscheinbarste Form hätte geben können, denn sein Rückblick ging auf nichts als – Verfehltes. Verfehlt! Verfehlt! Schreckliches Wort auf der Höhe des Lebens, dieses ewig nagende Erwägen dessen, was, so wie es war, ganz anders, ganz anders hätte kommen sollen und kommen *können*! Dies ewige:»Umsonst! Umsonst!«, das in Luft und Wolken, in Sternen- und Sonnenlicht, auf der Straße, bei jedem Gruße an Menschen und von Menschen ihn mit Bedauern anblickte!

Die Welt, die hinter ihm lag, war wahrlich nicht gering! Er fühlte ihre Größe von irgendeinem, ihm nur noch fehlenden Standpunkte aus! Er sah, daß diese Tausende, die in Wägen, auf Rossen und noch stolzeren Füßen da an ihm vorüberschwirrten, nichts, nichts von dem besaßen, was freilich auch ihm schon nur noch auf dem Kirchhof seiner Erinnerungen schlummerte –! Aber er war fertig und abgeschlossen. Er hatte keinen Wunsch, für die Welt nicht und für sich selbst nicht; er befand sich in seiner Klause leidlich und, den Lärm der Angehörigen Theresens ausgenommen, schätzte er sogar ihre Pflege, ihre Hingebung, ihre rohe Heiterkeit. Andere lebten da statt seiner. Er war ihr Mittelpunkt, er ertrug sie, und sie ertrugen ihn. Er glaubte krank zu sein. Er hatte zwei Kinder, die bisweilen vergessen wurden und von ihm jedenfalls. Es mußte ja auch Hände geben, die diese Kinder speisten und tränkten. Das war seine Existenz. Sie hatte jenen Wert, der unter Umständen den Menschen wichtiger sein muß als Leibnizens Lehre von den Monaden oder des Cartesius:»Ich denke, darum bin ich!« So glich Rousseaus damaliger Zustand recht dem des zerstoßenen Rohrs, wovon die Bibel spricht.

Doch war es kein Apostelwunder, sondern ganz einfach nur eine Tasse Schokolade, die plötzlich alles in ihm ändern sollte.

Das Café des Arts

Therese hatte ihrem Jean-Jacques auch heute wieder verboten, in ein Kaffeehaus zu treten und sich durch ein Frühstück die bessere Würdigung ihres Mittagsmahls zu verderben. Dennoch lockte ihn das Kaffeehaus des Arts am Ende der Richelieustraße. Die wenigen Zeitungen, die es in jener glücklichen Zeit erst gab, sah er durch die Fenster ungelesen. Er fühlte das Bedürfnis, sich zu zerstreuen und zu erfrischen. Jean-Jacques trat ein und forderte Schokolade, die er von Venedig her liebte. Die Partitur des Dilettanten lag neben ihm, er stützte das Haupt auf und brachte den »Merkur«, die Pariser Hauptzeitung, an sein kurzsichtiges Auge.

Wer ihn so lesen sah, mußte Mühe haben, Jean-Jacques unterzubringen. Es war kein Dorfschulmeister, der da abwechselnd las, abwechselnd trank; kein Pastor vom Lande, aber auch kein Advokat; kein Professor, kein Abbé. Die Gestalt war nicht groß, der Wuchs schmächtig, der Kopf nicht unschön, doch ohne einen besonderen Ausdruck, nur die Augen hatten etwas Scharfes, Suchendes, dem Körper Voranleuchtendes, dabei eine gewisse Unsicherheit und Unruhe. Das Benehmen war schüchtern und wiederum reizbar. Wer eine Analyse des Innern von dem Äußern abzuleiten die Gabe besessen hätte, würde, den Mann so von fern beobachtend, gefunden haben, daß hier eine ganz vom Augenblick beherrschte, willenlose und nur zuweilen von Prinzipien ausgehende, dann aber darin auch heftige Natur sichtbar wurde. Entschluß und Reue, Mut und Verzagen, Glaube und Mißtrauen, Bedürfnis nach Liebe und scheinbar wieder Kälte, Zynismus im Äußern, ohne sich darüber Rechenschaft zu geben, ja sogar sich noch einbildend, der braune Rock, den er trug, wäre noch lange nicht so fadenscheinig, wie er war, die Schnallen an den Schuhen wären geputzter, als sie blinkten, das Halstuch wäre noch lange nicht so verbraucht und zerknittert, wie es in Wirklichkeit war, und das kurzgeschnittene natürliche Haar schien nicht einmal die Folge der Bequemlichkeit zu sein, sondern eine mit Bewußtsein und Prinzip behauptete Mode; kurz, ein gelehrter Fabrikant, ein Seidenspinner aus Lyon oder richtiger noch ein kalvinistischer Uhrmacher aus Genf (der vielleicht, wenn er betete, phantastische Visionen wie ein Katholik hatte, während er mit einem Lutheraner wie der kälteste Verstandesmensch über Buchstaben streiten konnte), dies war der Charakter, der in Jean-Jacques Gesichtszügen und Haltung ausgeprägt lag.

Der »Merkur« bot des Interessanten genug. Krieg und gelehrte Streitigkeiten. Jean-Jacques las alles mit Aufmerksamkeit, allem nachempfindend und doch darüber urteilend wie über etwas ihm völlig Fremdes. Er hatte über vielerlei Gedanken, aber seine Gedanken stammten sozusagen nicht aus Paris. Bei jedem Satz fast stockte er, überall hätte er fast ein Fragezeichen machen mögen; aber er hatte den Mut nicht, diesen Fragezeichen eine geistige Form zu geben. Im Gegenteil, er hielt seine abweichende Ansicht für einen Mangel an Einsicht und jener notwendigen Schule, die man eben haben müsse, um in diesem eingebildeten Paris mitreden zu dürfen. Das Theater besuchte er nicht, nicht nur weil ihm die Mittel fehlten, sondern auch deshalb, weil ihn jedes Stück anreizte, ein ähnliches zu schreiben, und er gegründete Ursache hatte, seinen Fähigkeiten in diesem Punkte zu mißtrauen.

Schon hatte er die Tasse geleert, schon bezahlt, schon wollte er sich erheben, als ihn auf der letzten Seite des »Merkur« eine Preisaufgabe reizte, welche die Akademie von Dijon aufstellte. Sie lautete: Ob das Wiederaufleben der Wissenschaften und Künste zur Veredlung der Sitten beigetragen hätte? Die Abhandlungen, die sich um den von der Akademie ausgeschriebenen Preis einer goldenen Medaille bewerben sollten, mußten binnen sechs Monaten mit einem Motto und dem versiegelten Namen des Verfassers versehen eingereicht werden.

Der Eindruck, den diese Frage auf Jean-Jacques machte, war erst gering, steigerte sich aber bei längerem Überdenken und wurde zuletzt so gewaltig, daß er das Freie suchen mußte. Er schlug den Weg über die Boulevards ein nach Vincennes zu, nach welcher Festung – er hatte auch das Gerücht gelesen, Diderot würde nächstens auf ein Jahr hier zur Haft sitzen müssen wegen einiger kühnen Behauptungen in einer seiner letzten Schriften – eine Allee führte.

Diderot in Vincennes, ein Denker im Gefängnisse und die Frage der Akademie in Dijon: Was die Sittenreinheit den Wissenschaften, der Mensch überhaupt der sogenannten Bildung verdankte? Der Kontrast war auffallend genug.

Es war ein klarer, frischer Herbsttag. Das Laub der Lindenbäume lag am Wege und bedeckte hier und da eine Bank, die zur Ruhe einlud. Jean-Jacques blickte auf die halbentlaubten Bäume, auf die neugepflügten Felder, auf die sich in grünen Wellen hinziehenden Pflanzungen noch nicht geernteter Gemüse und sah doch nichts von alledem. Sein Auge starrte. Seine Gedanken waren in sich selbst versunken. Seine Blicke suchten nach innen einen Halt gegen die drängende Gewalt der Ahnungen. Eine Offenbarung redete mit ihm. Sie kam aus weiter Ferne, tief unten her aus seinen begrabenen Erinnerungen. Was er einst war, was er zu werden gehofft hatte und was er geworden, das stand in so heller Beleuchtung vor seiner Seele, daß er sich oft an den Bäumen festhalten mußte, um nicht unter dem Druck seiner Empfindungen zusammenzubrechen.

Haben die Künste und Wissenschaften der Menschheit genützt? Hatte sein dreißigjähriges Streben ihm genützt? In zwei Hälften ging ihm sein Ich auseinander; die eine, sah er, paßte nicht mehr zur andern, eine mußte siegen, und beide vereinigt, waren der Tod, die Unbedeutendheit, die Leere, das Nichts. Oder war auch er nicht ein Opfer der hergebrachten Begriffe über Kunst und Wissenschaft? Sprach aus den Weisen und Schriftgelehrten seiner Zeit, zu denen ihn nichts mehr, seitdem sie ihn früher verstießen, zu ziehen vermochte, mehr als die Mode? Was sind sie denn, die Namen des Tages, die dem Götzen des Publikums opfern? Was ist denn noch wahr und rein in dieser Welt der Lüge und des Hasses? Ist diese Zivilisation mehr als eine glänzende Verführung der Unschuld und Natur? Kann es in einem Geiste, der auf den Altären der Wissenschaft und Kunst allein opfern will, einen Augenblick der Ruhe, des Glücks, der Zufriedenheit oder Wahrheit geben? Reißt nicht Entdeckung zu Entdeckung, Neubegierde zu Neubegierde, der kaum gesättigte Durst zum ewig lechzenden Verlangen?

Wie anders dagegen erschien dem Träumenden die begnügte Welt des Gemüts! Er brauchte nur zurückzudenken an seine eigene Vergangenheit, wo ihm die Quelle der Wissenschaft dicht an der wirklichen Quelle sprudelte, die von der Felswand sprang. Er brauchte nur der Schauer zu gedenken, die ihn im Anblick einer majestätischen Natur, der sanften Entzückungen, die ihn ergriffen hatten, wenn er mit seiner Pflanzentrommel auf dem Rücken auf die Höhen stieg, die sich von Vevey empordachten zur Alpenregion. Er hatte die Musik geliebt wie den einzigen reinen Akkord, den im ewigen Widerstreit ihrer Zwecke die Natur uns liebevoll nicht versagen wollte, und nun, was war die einfache, mit Saiten überspannte Muschel Apollos geworden in der Hand des Menschen, der sich Künstler nennt! Die rauschenden Harmonien der Orchester schlugen an das Ohr entweihter Menschen, und die, welche sie schufen, waren niedrige Seelen, voll Eifersucht und Rache. Wo er hinblickte, sah er, was an seinem Leben genagt hatte, den Fluch, der sich an die Bildung heftet. Die Sehnsucht zur Wahrheit und zum Natürlichen hatte sich bei ihm nicht einigen können mit den Anforderungen, die das wissenschaftliche und künstlerische Leben an eine Lebenskunst machte, die er nur kennengelernt hatte, um sie zu verachten. Wehmut erfüllte ihn, wenn er gedachte, daß er dem Bösen nur entfernt geblieben war, weil er zu träge geworden, ihm nachzugehen. Er unterließ es, die Erbärmlichkeiten dieses Lebens mitzumachen, nur weil ihm der Entschluß und die Ausführung Mühe gekostet hätte. So verwirrte das wenige, was ihm das Studium gegeben, schon seine sittliche Kraft. Der Ehrgeiz war ihm nur erstickt durch Trägheit.

In einem Briefe an Malesherbes sagte zwölf Jahre später Jean-Jacques, daß ihm auf jener Wanderung durch die Allee von Vincennes seine Brust mit Tränen benetzt gewesen war, von denen er nicht bemerkt gehabt hätte, daß er sie weinte. Er weinte sie vor Schmerz und vor Wonne. Das Grau des Himmels, das ihm jahrelang den Mut des Lebens genommen, verklärte sich zum lichten Blau. Er sah Engel aus den Wolken sich ihm neigen, hörte ihre Sprache, ihren Trost, ihre Ermutigung. »Kehre den Weg, den du bisher wandeltest, um und gehe nach der entgegengesetzten Richtung!« Das sprachen die Stimmen mit einer Beredsamkeit, die ihn rührte, weil sie ihn noch begrüßten wie das Kind, das einst von einer wunderbaren Welt und Zukunft geträumt hatte und, von diesem Traume angezogen, das dumpfe Genf verließ und zu den südlichen Bergen sich schlich, wo die Feige am Wege blüht und der Ölbaum die grünen Gelände der Berge mit sanftern Tinten übermalt! Fest stand ihm bald wie ein Evangelium, daß die Welt nicht glücklicher geworden durch das, was sie weiß! Die Wissenschaften haben den Verstand bereichert und ließen das Herz verarmen, die Künste verfeinerten die Sitten nur durch eine geschickte Handhabung der

Lüge, durch den Luxus wurden die Völker entartet und die Staaten um ihre Größe und Freiheit gebracht; die Statuen vernichteten den Glauben an die Begriffe, die sie darstellten; die Tempel wurden nicht die Wiege der Religion, sondern ihr letztes Asyl, und bald ragte der Palast des Reichen über den Tempel der Gottheit empor; die Goten hatten recht, die Bibliotheken Griechenlands nicht zu zerstören, denn diesen verdankten sie, daß die unterjochten Völker nimmermehr die Kraft erhielten, sich wieder aufzuraffen und durch männliche Tapferkeit das Joch der Fremden abzuschütteln; die Flüchtlinge des vor lauter Bildung und nichts als Bildung zugrunde gegangenen byzantinischen Reichs waren die Sendboten jener sogenannten Wiederherstellung der Künste und Wissenschaften in jenem Europa gewesen, das damals noch die schlechte Sitte nur als Ausnahme von der Regel brandmarkte und nur zu bald jetzt an Quellen sich berauschte, die so viele Geister tollkühn, die Gemüter gottlos, die Herzen kalt und unbarmherzig machten. Und die Gelehrtesten, gerade diese dienten dem Papst! Wie einst sich Nero im Blute badete und doch in der Tat ein Recht hatte, bei seinem Tode auszurufen: »Es geht ein Künstler an mir zugrunde!«, so ist die Bildung nie, und seit dem 16. Jahrhundert am wenigsten, eine Bürgschaft der Sitte und der Tugend gewesen. – So wenigstens gestalteten sich die Antworten, die Jean-Jacques auf die Frage von Dijon geben wollte.

Als er an den Heimweg dachte und nun die ungeheure Einsamkeit, die ihn umfing, mit dem Gewühl der Stadt verglich, mußte ihm bange werden, Sätze zu behaupten, die so in grellstem Widerspruch zu allem standen, was auf dem Antlitz jedes nur einigermaßen gut gekleideten Menschen stand. Jeder von ihnen würde die Frage von Dijon in dem Sinne beantwortet haben, wie sie vielleicht, wenn auch ungeschickt, gestellt war. Jeder von ihnen würde auf die goldenen Inschriften verwiesen haben, die an den öffentlichen Gebäuden prangten, auf Kirche, Universität, Schule, Verwaltung. Jean-Jacques behielt seinen Gesichtspunkt und verteidigte ihn gegen die furchtbare Gewalt gegebener Tatsächlichkeit, die in einem solchen Chaos wie Paris liegen mußte. Robe des Priesters, Uniform des Soldaten, Barett des Richters, nichts konnte ihn in dem Enthusiasmus für die gewonnene Überzeugung, daß dem Zeitalter die Unschuld fehle, irremachen.

Wie ein Seher ging er an dem Hotel der Frau von Epinay vorüber. Mitleid erfüllte jetzt seine Seele, nicht mehr Haß oder Furcht. In wenig Stunden war er ein Riese an Kraft und Selbstvertrauen geworden.

Hatte er nicht eine Bestätigung dieser neuen Weltauffassung, die er gewonnen, an den Widersprüchen, in welche die Zeit, in der er lebte, mit sich selbst geriet? Standen nicht die Menschen an allen Ecken in Gruppen zusammen? War nicht das allgemeine Gespräch, das sie sich entgegenflüsterten, die schon erfolgte Verhaftung Diderots und seine Abführung nach demselben Gefängnisse von Vincennes, wo Jean-Jacques eben über das größere Glück der Menschheit geträumt hatte?

Diderots »Philosophische Gedanken« wurden nur vom Scharfrichter verbrannt. Seine »Briefe über Blinde zum Frommen der Sehenden« führten ihn auf ein Jahr ins Gefängnis. Jean-Jacques nahm nicht Partei für Diderot und nicht gegen ihn. Er hatte Mitleid mit allen und Haß oder Liebe für alle.

Die Partitur irgendeines dilettantischen Stümpers unterm Arm, betrat er seine Wohnung, hörte nicht die Vorwürfe, womit er seiner Verspätung wegen empfangen wurde, sah nicht den Wirrwarr der Familie, in der er lebte; nur die Fensternische suchte er, wo er gewohnt war zu arbeiten. Er hatte nicht Ruhe mehr; die Gedanken, die in ihm auf und ab wogten, mußte er festhalten und niederschreiben. Die nächste Außenwelt gewann ihm keine Teilnahme mehr ab, und nur mit einer Art dumpfen Gleichmuts nahm er die Mitteilung Theresens entgegen, daß sich in kurzer Zeit die Zahl ihrer Kinder vermehren würde.

Bei solchen denkenden und überwiegend sensuellen Menschen ist es mit dem, was auf sie Eindruck machen soll, ganz wie mit der Sonne und dem Tierkreis. Die Sonne ist immer da, immer wärmend und erleuchtend, aber in ihrer Erdenwirkung hängt sie von dem Zeichen ab, in das sie tritt. Das herzlichste und sanfteste Gemüt ist elfmal kalt, wenn es glüht im zwölften Zeichen. Ein Gedanke, der es ausschließlich beherrscht, erfüllt es so, daß für die Proben, wo es sich auch sonst zu bewähren hätte und in einem vom Verstande geregelten Herzen sich auch bewähren würde, immer erst die gute Stunde kommen muß.

Der Preisbewerber

Schon in einigen Wochen war die Abhandlung, die Jean-Jacques niederschrieb, in sauberer Kopie beendigt und wurde nach Dijon abgeschickt.

Das Motto lautete: »Decipimur specie recti« (Der Schein der Wahrheit täuscht uns); wir stehen unter dem Einflusse der Illusionen, wir glauben das Rechte getroffen zu haben und irren, irren im besten Glauben an das Gute – ein trostloses Bekenntnis, das die Geschichte als Grabschrift auf Rousseaus ganzes Leben zu schreiben hat.

Verlieren schon wissenschaftliche Entdeckungen, die anfangs Epoche machten, im Laufe der Zeiten von ihrer blendenden Macht, treten sie gegen die Menge inzwischen gewonnener neuer Ergebnisse der Forschung weit zurück, so verblaßt noch viel mehr die Begeisterung, die Überzeugung und das Kolorit der Empfindung. Nur dunkel nachfühlend und mit kälterem Blute prüfend, stehen wir jetzt an den Märtyrerstätten und Scheiterhaufen der alten Zeit, staunen über die Rüstungen zu den Kreuzzügen, bemitleiden den einseitigen Fanatismus der Sekten und der Spaltungen!

Auch die damals von Rousseau erfaßten Gedanken sind uns jetzt abgeblaßt. Unglaublich fast erscheint uns die Menge von Trugschlüssen, in denen sich seine aufgeregte Seele damals gefiel. Zu streiten, ob im sechzehnten Jahrhundert die Wissenschaftserweckung besser unterblieben wäre, wie fruchtlos erscheint es uns jetzt! Zu preisen den Zustand der glücklichen Volksidylle, die es niemals gegeben, nicht einmal in Arkadien, wie töricht war es! Zu glauben, daß sanfte Gefühle als eine ewige, durch Beispiel und Erziehung fortpflanzbare Tradition je in die Menschenbrust gezogen wären ohne die Unterstützung durch das, was wir eben Kunst und Wissenschaft nennen, welch ein Wahn!

Dennoch bricht der Weltgeist die Ideen, deren er zu den Entwickelungen der Geschichte bedarf, nicht vom »Baume der Menschheit« als reife Früchte, sondern nur als Blüten. Es sind nur Keime künftiger Früchte, deren er bedarf; sie müssen Farbe, Duft, berauschende Wirkung auf die Gemüter der Zeit haben.

Rousseaus Träumereien würden nie die Umgestaltung des Geistes der Zeiten gefördert haben, wenn sie in Gestalt wissenschaftlicher Untersuchungen aufgetreten wären; er gab ihnen später diese Form, er unterstützte seine Behauptungen durch Zitate solcher Tatsachen, die für ihn paßten, während er die nichtpassenden wegließ; aber zu allen Zeiten war er ein Phantast, ein Sophist wider Willen, suchte Gedanken für eine Stimmung, und was ihm die Philosophie versagte, gewährte ihm dann die Poesie, und wo die Poesie sich zu schwach fühlte, mußte die Philosophie eintreten und die Ausführung des Geahnten vollenden. Die Verwirrung, die dreißig Jahre in Rousseaus Kopfe und Herzen geherrscht hatte, bekam durch sein Talent und seinen Genius einen Ausdruck, der sie wie Klarheit erscheinen ließ.

Von einem rechten Mittelpunkt aus wollte Archimedes die Welt in andere Bewegung bringen. Für Rousseau war dieser Mittelpunkt gefunden. Er haßte die Welt, wie sie ist, er nannte sie eine Verabredung der Lüge. Ihr gegenüber baute er die neue Welt auf, die in der Tat bei aller Unmöglichkeit doch noch jetzt das abstrakte Ideal der Denkerbrust geblieben ist! Lehre man von der Notwendigkeit des Bestehenden, was man will, Atlantisinseln der Dinge, wie sie sein sollten, schwimmen doch immer in unserer Ahnung!

Änderten sich dem plötzlich in eine Revolution Versetzten durch ein Leugnen ihrer Notwendigkeit die seit Jahrtausenden feststehenden Voraussetzungen der bestehenden Kirche und des Staats, so mußte sich ihm auch das Haus ändern und die Familie. Dumpf hinbrütend, mit jenem Leichtsinn träger Träumerei, den die Sorge um ein Brustleiden noch mehrte, hatte der Ernährer der im frühern geschilderten Familie sich wenig darüber Rechenschaft abgelegt, welches die geistige Luft war, die ihn umgab. Ein Instinkt der Vorahnung seiner künftigen Lehrsätze hatte ihn nach den Versuchen, zur feineren Welt aufzusteigen, wieder in den Schoß des Volkes zurückgeführt. Die Derbheit einer in die Stadt gewanderten Bäuerin war ihm so nahegetreten, daß nur noch das Band der priesterlichen Weihe, ohnehin schon zu spät kommend, zum ewigen Bunde fehlte. Diese heroischen Naturen der Phantasie, die in ihren Träumen und auf dem Papiere Welten stürmen, sind schwach in ihrer Wirklichkeit: Der arme Notenschreiber wurde beherrscht von denen, die er ernährte. Die Familie Theresens, roh und sittenlos, drängte dem

Glück, das immerhin die Tochter und Schwester für ihre Umstände gemacht hatte, nach, und dem Herrscher im Reiche der Ideen gehörte in Wirklichkeit nichts als sein Schreibtisch, ein kleines Spinett für seine eigenen Kompositionsversuche und der Winkel, wo sein Bett und seine Bücher standen.

Was ihn umgab, haben wir gesehen! Michel Labrousse, der Freund seines Schwagers Pierre, saß schon am Morgen seiner gefährlichen Flucht auf der Conciergerie.[1] Bald auch folgte Pierre, dem neue Verbrechen zur Last fielen. Die Schwestern und Freundinnen Theresens liefen nachts auf den Straßen. Der Vater liebte den Trunk, die Mutter verhetzte, beklatschte, verwirrte die Tochter, die für den bejahrteren Vater ihrer Kinder mehr eine Empfindung des Mitleids als der Liebe hatte und dessen geistiges Übergewicht sie nur anerkannte, wenn er dasselbe als Mittel klingender Einnahme bewährte.

In dieser Welt lebten für Jean-Jacques zwei, bald drei Kinder, die ihn Vater nannten. Sie sahen ihm ähnlich, aber diese Ähnlichkeit erschreckte ihn mehr, als sie ihn rührte. Diese Kinder waren ein Tribut, den er der Natur hatte zugestehen müssen und den er ihr mit Unwillen gab; diese Kinder erinnerten ihn an die Sphäre, die er heute haßte, morgen nur aus Trotz gegen die Zivilisation liebte. Therese, neben ihm, der die Feder führte, mit Holzschuhen als Bäuerin stehend, schien ihm das richtige Symbol seines Lebens. Leider waren ihre Umgebungen schlecht. Aber bald auch urteilte er von seiner nächsten eigenen Welt, was er über die gesamte urteilte. Die Laster waren ja nur Folge der Bildung! Die Verbrechen nur Folge der Zivilisation! Diese nährte die Lüge, den Raub, sie machte beide notwendig, denn zu ungleich verteilt sind die Lebenslose. Wer ein neues Geschlecht schaffen könnte! sagte er sich oft, wenn er den Konsequenzen seiner in Dijon nun zur Prüfung vorliegenden Abhandlung nachdachte. Wer noch einmal das Paradies heraufbeschwören und die Menschheit den Weg der Natur könnte wandeln lassen! Wer den Baum der Erkenntnis noch einmal zu pflanzen verstünde und eine neue Unterscheidung gäbe zwischen dem, was gut und böse ist!

---

[1] Pariser Untersuchungsgefängnis.

Da sah Jean-Jacques wohl ein, bessere Erkenntnis machte auch jetzt noch manche Besserung der Sitte möglich. Englands politische Institutionen schienen ihm besser als die Frankreichs; in seinen kirchlichen Überzeugungen war er längst wieder zum Glauben seiner Väter zurückgekehrt: Schule und Haus ließen sich heben, und eine neue Generation war vielleicht die Versöhnung auf die Disharmonie der Gegenwart. Wie sich ja das Schlechte in den Sitten forterbt, das sah er genug in nächster Nähe. Sonst hatte er kein Ohr und kein Auge für die Lügen und Verbrechen um ihn her, seit seinem einsamen Spaziergange nach Vincennes aber schauderte ihn, wenn er die Wirkung sah, die das schlechte Beispiel Älterer auf Jüngere hervorbringt. Wie trotzte man in seiner Nähe dem Geschick des Verbrechens! Wie verwünschte man allein den Mangel an Klugheit, der den Armen, der sich zu helfen sucht, der verfolgenden Übermacht, die sich die Gerechtigkeit nenne, erliegen ließe! Wie lachte man, wenn eine List gelungen war! Wie manchen Abend würzte sich das Gespräch durch Erinnerungen an Labrousses Dächerflucht und das Examen der Polizei! Wenn der Lärm zu tobend wurde, ging er in sein Zimmer, und nicht selten sagte er schon:»Es ist doch wenigstens gut, daß die Kinder schlafen oder daß sie noch zu dumm sind, um euch zu verstehen.«

Der Zeitpunkt, wo sich die Entscheidung der Akademie von Dijon erwarten ließ, rückte heran. Eine ruhige Beherrschung seiner Spannung war einem so reizbaren und zur Melancholie geneigten Charakter wie dem Verfasser der Abhandlung mit dem Motto:»Decipimur specie recti« nicht gegeben. Gewohnt, alles, was sich in zwei Möglichkeiten darbot, von der dunkeln zu nehmen, war er gefaßt auf ein Unterliegen seiner Mitbewerbung, und wie die menschliche Natur, wenn sie der Tiefe nicht entbehrt, einmal ist, so suchte er schon jetzt dem Falle, den er voraussah, vorzubeugen. Er bedurfte dazu innerer Hülfsmittel, innerer Kräftigung.

Sich dem Widerwärtigen sogleich gefangen geben zu sollen, das war hier schwer, dafür hatte die Begeisterung zu lebendig seine Feder geführt; aber es gibt einen edlen Stolz gegen das Mißgeschick, und für diesen sammelte er in der Zeit des Harrens und der Mutlosigkeit. Er bildete sich sein System von der Natur weiter aus. Er verglich es mit aller und mit seiner eigenen Lebenslage. Ein Fanatismus für die Einführung der Überzeugung auch in die Wirklichkeit und zunächst des heroischen Beweises wegen in die eigene Lebensphäre erfüllte ihn mit jener ganzen Heftigkeit, die eben Menschen eigen ist, welche wohl wissen, daß ihnen die Natur die Konsequenz von Hause aus nicht gegeben hat. Jean-Jacques Furcht war die, sich auf seiner Schwäche, die er gerecht genug nicht etwa Herz, sondern Trägheit und Eitelkeit nannte, nicht ertappen zu wollen, und so wurde er grausam gegen sich und andere, grausam, um nur nicht schwach zu erscheinen.

Das Leben im Hause, so wie es bisher geführt wurde, war bei solchen Gedankengängen nicht mehr zu ertragen. Es regte sich der Mut, den Konsequenzen seines Natursystems gegenüber, jedes Joch, das ihn mit falschen Rücksichtsnahmen drückte, abzuschütteln. Theresens Anhang wurde entfernt. Er setzte die Aufregung einiger Tage daran, um sein Haus von unwürdigen Verbindungen zu säubern. Fühlend aber, daß es ihm nicht möglich sein würde, auf Lebenszeit immer allein die Grundsätze der sittenreinen Natur in seiner Nähe zu schützen, erschrak er vor der Verantwortlichkeit, die zuletzt auch noch die doch mit der Mutter und Großmutter zurückbleibenden Kinder von ihren Umgebungen fordern durften. Ein tiefes Mitleid ergriff ihn um die Zukunft dieser Kleinen, die er nicht in der Hand hatte; denn kein kirchliches Band fesselte ihn an Theresen. Die Voraussetzung, ewig mit ihr leben zu sollen, war ihm oft fürchterlich, und hinter seinem Rücken dauerte der Verkehr mit den Verwandten doch fort. So sah er diese Kinder schon werden, was ihre Verwandten waren. Er sah sie schon den Onkel Pierre und Michel Labrousse bewundern, er sah sie lachen über die List des Verbrechens und geizen nach dem Ruhme, die Gesetze zu betrügen. Er war bei diesem Gedankengange geneigt genug, seine Lage mit der der ganzen Zivilisation zu vergleichen; diese machte ja überall, daß die Kinder fortgingen in den Sitten der Eltern. Die Privaterziehung erschien ihm die Pflanzschule aller Erbfehler und aller Erbvorurteile.

Uralt ist die Sitte der Findelhäuser. Die erste christliche Kirche mußte ausdrücklich auf Findelhäuser großen Wert legen, da ihr das Heil verlorner Seelen als einer Mutter aller Menschen am Herzen lag. Das Christentum rief ja die Sünder. In Paris sollten die Findelhäuser schon seit lange dem Kindermord steuern. In jener Zeitperiode hatten die in Paris vorhandenen Anstalten dieser Art einen neuen Aufschwung und manche Verbesserung aus dem Geiste der zunehmenden Philanthropie erhalten. Auch Rousseau arbeitete sich im Geiste einen Plan für diese Anstalten aus. Er sah in ihnen die einzige Möglichkeit, der Zukunft wieder ein spartanisches Geschlecht zu geben. Sollten sich die Träume erfüllen, die in seiner nach Dijon geschickten Abhandlung lebten, so mußte die Erziehung eine öffentliche werden, der Staat mußte deren Bürgschaft übernehmen und die Gefahren der Privaterziehung hintertreiben. Der Gedanke, daß seine Kinder durch ihn, durch Therese, durch deren Familie systematisch erzogene Verbrecher werden würden, Opfer seiner eigenen geistig und moralisch haltlosen Verbindung mit seinen Umgebungen, Opfer seiner Jahre, seiner Gesundheit, die ihn lange vor Theresen wegraffen mußte, das alles erfüllte ihn mit Schaudern. Der Gedanke, er würde guttun, sie dem großen Findelhause von Paris zu übergeben, trat ihm entgegen wie die Aufforderung – zu einer großen heroischen Tat!

Noch schwankte Jean-Jacques. Vaterempfindungen, in seiner damaligen Stimmung von ihm Folgen eines ererbten und nur im Blute liegenden Vorurteils genannt, sträubten sich einen Schritt zu tun, den Therese nach kurzer Überlegung wirklich alsbald gebilligt hatte, wie er ihn aussprach. Da sah er denn, an welche rohe Natur er sich vom Schicksal hatte binden lassen. Kein Schrei der Mutterliebe war die Antwort, die er von ihr empfing. Sie sah nichts als die Teuerung der Lebensmittel, ihres Mannes schwache Gesundheit, seinen kümmerlichen Verdienst vom Notenschreiben. Ein Rückfordern der Kinder aus dem Findelhause war ja zuletzt auch möglich: Man erhielt eine Empfangsbescheinigung. Nur die Großmutter, wie vorauszusehen, widersprach. Aber gerade in der natürlichen Regung dieser sonst nur rohen Natur lag für Jean-Jacques ein Reiz mehr, ihr die Kinder zu entziehen. In dem Fanatismus, der sich aller seiner Gedanken fieberisch bemächtigt hatte, sah er der ihm nur rein tierischen, ihm nur rein auf das Schlechte begründeten Zärtlichkeit der Großmutter und der ganzen Welt gegenüber sein Vorhaben wie eine Tat an, die antike Größe genannt werden konnte und nun ihm schon notwendig war.

Seine Einnahmen wurden geringer, je weniger er Noten schrieb. Die Aufregung seiner Ideen verkürzte seine Zeit, die Spannung auf die Entscheidung in Dijon machte ihn träge, er war in jenem ohnmächtigen Zustande, wo wir eine Erklärung, die uns das Schicksal geben soll, nur erst noch abwarten, um dann sozusagen auf Leben und Tod einen Entschluß für unsere Zukunft zu fassen. In dieser Stimmung wurde oft die Musik seine Trösterin. Er begann wieder an seine alten Kompositionen zu denken, und seiner Sehnsucht nach Unschuld und Natur entsprach es, daß er schon jetzt den Text der Melodien seines »Dorfwahrsager«, der später seine Zeitgenossen entzückte, fast vollendete.

Da saß er eines Abends träumend am Klavier, spielte eben die Melodie zu seinem »Dans ma cabane obscure toujours soucis nouveaux ...«,[2] als es die Treppe heraufstürmte. Ein in einen Mantel gehüllter Elegant trat ein und rief: »Sind Sie Rousseau? Jean-Jacques Rousseau? Sie haben in Dijon den Preis gewonnen!«

Jean-Jacques erhob sich und blickte den Boten an. Es war Grimm – der »Baron« Grimm. Aus dem Mantel zog er eine Nummer des »Merkur« und zeigte den Bericht der Akademie. Der Zettel mit dem Motto »Decipimur specie recti« war entsiegelt worden und hatte Rousseaus Namen und Wohnort angegeben. Soeben war schon im ganzen gelehrten Paris und vorzugsweise bei Frau von Epinay die Debatte nur über den gekrönten Autor, in dem sich Grimm des Notenschreibers und Komponisten erinnerte. Es bliebe, sagte sein Bewunderer und Führer, dem Wunder des Tags, Jean-Jacques, nichts übrig, als unverzüglich mit ihm in die Welt, in sein Jahrhundert einzutreten und vorläufig sogleich mitzugehen und seinen Triumph unter Männern und Frauen zu genießen, welche schon jetzt die ganze Bedeutung desselben zu ahnen und zu würdigen wüßten. Vierzehn Denkschriften waren der Akademie eingereicht worden; zwei davon erhielten eine rühmliche Erwähnung und gaben achtbare Verfasser zu erkennen. Um wieviel größer das Verdienst eines völlig Unbekannten, der unter allen den Sieg davontrug!

Jean-Jacques stand, als er das alles hörte und selbst las, wie schwindelnd. Die reinste Freude durchströmte seine Nerven, er zitterte, die Erfahrung war zu groß und drückend. Ein fast schon vierzigjähriges Leben war zu dunkel gewesen, um diesen blenden-

---

[2] (franz.) »In meiner dunklen Hütte immer neue Sorgen ...«

den Lichtstrahl noch ertragen zu können. Grimm beglückwünschte ihn mit Aufrichtigkeit. Hatte er nicht die nächste Eroberung des nun weltberühmten Mannes gemacht? Konnte er ihn nicht einführen in die Gesellschaften von Paris und zunächst in die, welche mit Spannung seiner Rückkehr harrte, bei Frau von Epinay? »Kommen Sie! Kommen Sie!« rief er. »Frau von Epinay vergeht vor Sehnsucht.« Und Therese und die Mutter unterstützten Grimms Aufforderung. Jean-Jacques sollte sich ankleiden. Er war keines Willens mächtig. Während Grimm, voll Neugier und sein Vergnügen über die wunderbare Lage, in der er den gekrönten Autor antraf, wenig verbergend, mit den Frauen plauderte und ihnen die äußeren Vorteile dieses Siegs, die ihnen natürlich über die inneren gingen, den Wert einer goldenen Medaille und die Leichtigkeit, sie in Silber zu verwandeln, auseinandersetzte, kleidete sich Rousseau wirklich an und folgte Grimm zur Frau von Epinay.

Scheine auch, was du bist!

Die Gesellschaft machte aus Jean-Jacques anfangs einen neuen Menschen. Die Bewunderung hob ihn von Stufe zu Stufe. Sein bisheriges Leben diente nur dazu, ihm eine durch die Originalität desselben noch erhöhtere Stellung zu geben. Er wurde das Wunder des Tags.

Seine Preisschrift erschien, diese merkwürdige Schrift, wo ein Philosoph der Tonne, ein zweiter Diogenes, gewagt hatte, den Einfluß der Wissenschaften und Künste verderblich zu finden. Was in Rousseau still gelebt hatte oder durch den Reiz der Antithese wach geworden war, das hatten jetzt plötzlich alle empfunden. Er wurde der Apostel eines heuen Evangeliums, ein Prophet der Natur, nach der sich alle längst gesehnt hatten.

Und wer die Ansichten, die er lehrte, bestritt, mußte sich doch gedrungen fühlen, der Art, wie er sie vortrug, Gerechtigkeit widerfahren zu lassen. Wie wohlgebildet war sein Stil, wie natürlich dabei und voller Feinheiten! Wie sanft, wie kunstlos der Strom seiner Rede! Keine verschlungenen Perioden, keine schulmäßigen Nachahmungen gewohnter Muster! Diese Preisschrift war wie aus dem Herzen geschrieben, eine Epistel an die ganze Welt, vertraulich und ernst, schmucklos und voll naiver Größe, ein Erguß der Überzeugung, der uns jetzt in seinem Inhalte wie eine Spitzfindigkeit, ja, wie ein Scherz erscheinen könnte, damals aber gab ihm der Ernst, der ihm zugrunde liegen sollte, Schwung bis zur Erhabenheit.

Von diesem Augenblicke an gehörte Rousseau sich selbst nicht mehr an. Seine Schrift wurde angegriffen wie auch die Entscheidung der Akademie. Dreizehn durchgefallene Konkurrenten rächten sich. Die Polemik älterer Literaturperioden ist kaum zu vergleichen mit dem kritischen Ton der Gegenwart. Wir haben auch noch jetzt eine Kritik, die nicht widerlegen, nur vernichten will, aber wir haben nicht mehr so häufig jene unreinen Ergüsse des persönlichen Neides und der verletzten Eitelkeit wie in alten Zeiten, wo Rival den Rivalen bekämpfte. Die Theologie hatte diese dickleibigen boshaften Bücher eingeführt. Die Stifte, die Kanonikate mußten die teuren Kosten bezahlen. Jetzt versteckt sich unter glatteren Formen der Neid, die Eitelkeit. Auch findet man Freunde, die den Namen zu jener Bosheit hergeben, die aus euch selbst geflossen ist! Aber damals schrieb der durchgefallene Konkurrent gegen den Sieger, wie hundert Jahre früher Mayret, der vorgestern eine »Sophonisbe« hatte aufführen lassen, gegen Corneille schrieb, der gestern mit dem »Cid« debütierte. Diese Professoren, Abbés, Notare, welche die französische Literaturgeschichte so merkwürdig reich an Broschüren und Pamphleten gemacht haben, setzten auch Rousseau mit einer Bitterkeit zu, die ihn zeitlebens nicht mehr zur Ruhe kommen ließ, und das Übelste war, daß man die Polemik gegen ihn nur mit Hinweisung auf Verbannung, Scharfrichter und Gefängnis führte.

Was sich nun so viele Jahre aufgesammelt hatte an Gedanken, Stimmungen, Erfahrungen und Selbstbelehrungen, das alles ging bei dem neuen Schriftsteller und spät erwachten Dichter in Blättern und Blüten auf. Er schrieb über die Gesetze der Staaten und die Gesetze des Geschmacks, er schrieb über Religion und über Musik, er dichtete und komponierte. Sein »Dorfwahrsager« wurde in Paris und Versailles aufgeführt, die Prinzessinnen wie die Bürgermädchen trällerten seine einfach rührenden Arien.

Dazu kamen die Ansprüche der Gesellschaft und die Gunstbezeugungen der Frauen. Wie die Buckligen, wenn sie Geist haben, von den Frauen so gern gesehen werden – warum? Weil sie der Welt ungefährlich erscheinen –, wie unbeholfene und kindliche Naturen den nachhelfenden Frauensinn mehr anregen als die sicheren Manieren der Matadore, so wurde auch dem schon alternden Rousseau, der wie ein Kind oft noch Tränen weinen konnte, Rousseau, der sich ungeschickt gebärdete, ja nicht von dem Vorwurfe freizusprechen sein dürfte, daß er sich in dieser Sonderlingsart mit einem gewissen Bewußtsein gab, die Gunst der Frauen in reichem Maße zuteil. Man beglückte ihn wohl nicht mit einer so entschiedenen Hingebung, wie sie Grimm, Diderot und St.-Lambert fanden, aber man machte ihn zum Freunde, zum Vertrauten, Ratgeber, Vermittler, plauderte gern eine Stunde mit ihm im verschwiegenen Boudoir, ließ sich gern von ihm die Hand küssen, gestattete ihm, in seiner Sentimentalität so komisch zu sein, wie er wollte, und noch mehr, man ging weiter, man düpierte ihn. Man machte ihn glauben, daß er geliebt würde, man machte ihn zum Deckmantel fremder Verhältnisse, worüber er sich nicht wenig gegen Frau von Epinay erzürnte und mit Grimm brach, den er beschuldigte, ihn

Herrn von Epinay gegenüber zu seinen Zwecken mißbraucht zu haben. Zum Glück war Frau von Epinay, wie er sich nun überzeugt hatte, sehr häßlich. Nur die schöne junge Frau Latour de Franqueville war die einzige, die von Mitleid mit dem bei allem Ruhm doch um das Glück seines Lebens so tief betrogenen Manne sich zu wirklich mitempfindender Herzlichkeit hinreißen ließ und ihm sogar auf Augenblicke kleine Zärtlichkeiten gestattete, von denen Rousseau eingestanden hat, daß sie ihn im Schatten der Büsche von Ermenonville bis zum Wahnsinn hätten verwirren können.

Rousseau besaß die Kraft, den Schmeicheleien der Großen gegenüber seine Prinzipien nicht aufzuopfern. Weil seine Seele fühlte, was die Welt von ihm erwarten durfte, zersplitterte er sich nicht in dem Leben der Lüge und Frivolität. Bald aber merkte er, daß ihm denn doch die Routine der übeln Streiche zu viele spielte. Dieser französierte Deutsche Grimm war es besonders, den er zu hassen anfing, als er merkte, daß solche Führer und Gönner nicht ertragen können, wenn man über sie hinauswächst. Wie er sich erst darauf ertappte, daß man an seinen Manieren Anstoß nahm, daß man nicht immer aufrichtig für ihn Partei ergriff, daß man in der vornehmen Sphäre launisch und wetterwendisch ist, trotz aller scheinbaren Hingebung, zog er sich immer mehr in sich selbst zurück und wurde freilich auch von einem krankhaften Mißtrauen befallen, das ihn zeitlebens nicht mehr verließ.

Wo konnte er nach den vielen Täuschungen, die ihn von einer der Frau von Epinay gehörenden und ihm eingeräumt gewesenen Landwohnung, der Eremitage, nach Ermenonville, von da nach der Schweiz, England und wieder zurück nach Paris und Montmorency führten, die einzige Erholung, die einzige sichere Ruhe finden als in der nächsten kleinen Welt seiner Häuslichkeit, die, so niedrig sie stand, ihm doch allein gehörte? Jetzt kamen die Augenblicke, wo er die Sehnsucht empfand, Kinder zu haben. Er hatte sie nicht mehr! Als er an jenem glücklichen Abend von Frau von Epinay, wo man ihn, den Sieger von Dijon, auf Händen getragen hatte, heimkehrte, klopfte er an seine Tür. Sie war verschlossen. Er hörte das zweitältere Kind, ein Mädchen von nun schon einem Jahre, weinen. Die Mutter schlief oder fehlte. Er ging zum Hausmann, weckte diesen und erfuhr, daß Therese, angeregt von der glücklichen Nachricht, die der Fremde ins Haus gebracht, mit ihrer Mutter und den übrigen

Angehörigen in einen Musiksaal gegangen war, von dem sie bis jetzt noch nicht wieder heim war. Sie selbst tanzte nicht; sie hatte ihr dreimonatliches Kind mit sich, aber sie sah die andern, ihre Verwandten und Freunde, tanzen und ließ es sich mit ihren beiden Alten, die gern schmausten, an einem gedeckten Tische wohl sein. Der Hausmann gab ihm den Schlüssel. Oben fand er das älteste Kind schlafend, das zweite weinend und im Bette entblößt. Indem kam die Mutter mit dem dritten zurück. Er kannte sie in solchen Augenblicken. Von Vorwürfen wollte sie nicht begrüßt werden. Am nächsten Morgen stand sein Entschluß fest. Eine Erziehung war hier nicht möglich. Jetzt zog ihn die Welt, jetzt wollte ihn sein Geschick auf andere Höhen verpflanzen, für diese Kinder fehlte die Sorge, die er allein hätte vertreten können und zu vertreten nicht in der Lage war. Er kannte sich darauf, er wußte, wie schwer er schon an sich selbst zu tragen hatte. Dies Haus konnte nicht mehr seine Welt sein, es war nur noch ein Asyl für seine Ermüdung, eine Pflege für seine körperlichen Bedürfnisse; was sonst um ihn lebte, konnte er hier nicht mehr hüten. Noch war die Übergabe der Kinder ins Findelhaus nicht vollzogen, aber nun mußte sie kommen; die Woge der Gunst des Augenblicks trug ihn höher und höher. Als seine Abhandlung wirklich erschienen war, als er sie zu verteidigen hatte, andere Partei nahmen für oder wider, gehörte er sich selbst nicht mehr an. Viele rieten ihm, sich jetzt von Theresen zu trennen, aber eine Sorge für seine leiblichen Bedürfnisse mußte es doch wohl geben. So blieb er bei ihr, aber die Kinder trug man auf sein Verlangen, nach geringem Widerstände, in die bezeichnend genug sogenannte »Höllenstraße« – ins Findelhaus.

Zwei dunkle Linden stehen vor dem einsam liegenden Hause. Von außen ist da alles still, nichts läßt ahnen, wie es drinnen in den Sälen wimmelt und lebt und hülflos klagt. Barmherzige Schwestern pflegen die Kleinen. Diese Schwestern ringen mutig mit dem Todesengel, der seine kalte Hand über alle diese Flämmchen ausstreckt, die kaum aufflackernd schon erlöschen. So manches in köstliche Spitzen eingewickelt gewesene Kind, in Tüchern, aus denen das Wappen geschnitten war, um den Ursprung unkenntlich zu machen, liegt neben einem Neugeborenen, das wärmer noch in Lumpen eingehüllt gewesen. Korb an Korb, Wiege an Wiege. Nur Nummern nennen den Namen und den Tag der Übergabe an der

Pforte, neben welcher eine Öffnung, die in die Mauer geht, eine Doppelmuschel birgt, von welcher die eine Hälfte das Kind aufnimmt, die andere, wenn man geklingelt hat und das Kind hineingenommen ist, sich wendend eine Nummer von Blech herausgibt, die Empfangsbescheinigung für ein Leben, an das sich oft tausend Schmerzen, meist des Leichtsinns Folgen knüpfen. So wurden Madelon, Paul und Emil in kurzen Zwischenräumen nacheinander vom Herzen der Mutter, vom Auge des Vaters, während sie der Schlaf gefangenhielt, hinweggegeben.

Dem Vater, der in der Ferne stand, die Klingel hörte und das Rollen des sich drehenden Mechanismus, war es, als hätte er eine Handlung begangen, würdig eines Spartaners. Er hatte seine Kinder dem Vaterlande geweiht! Das Vaterland wurde ihr Erzieher, wie alle Erziehung eine öffentliche werden sollte. Wie bald sollte er anders denken! Therese weinte, die Großmutter weinte, der Vater verwies auf die metallenen Marken, gegen deren Vorzeigung sie ja die Kinder wieder zurückerhalten konnten.

Ein eigner Zustand das im Menschen, wenn er nach abstrakten Prinzipien leben will! Dann können uns, wie kein Befehl eines Despoten, Ideen beherrschen, die man sich selbst gefunden hat oder die man mit Bewunderung von anderen entlehnte. Der Wahn kann uns mit allen unseren Empfindungen zu Sklaven von Verhältnissen machen, die nicht im mindesten unserer Natur angemessen sind. Wir, die wir uns sogar schon aus Unbequemlichkeit gegen die kleinste Zumutung aus einer fremden Ideenwelt sträuben, sind Tyrannen gegen unser eigenes Behagen, wenn wir mit unserer Entsagung etwas glauben beweisen zu müssen! Rousseau erschien sich groß in seinem Entschluß. Er opferte so manche kleine Freude, die ihm die Kinder doch schon gewährt hatten; er opferte alte, seinem Gemüt nicht fremde Traditionen, die im Besitz von Kindern einen Ersatz für das Glück sehen. Er wollte es anders halten. Er wollte die Überzeugung behaupten, daß diese Kinder ihm nur infolge einer zufälligen Laune der Natur zuteil wurden und daß es seine Pflicht war, sie der Gefahr zu entreißen, bei den Familienbanden, in welche sie einst geraten würden, Verbrecher zu werden wie Pierre und Michel Labrousse. Dies Gefühl gab ihm Kraft und löschte jede Anwandlung von Reue, die er die Macht der Gewöhnung nannte, die Nachwirkung eines anerzogenen Vorurteils. Wer dann noch des wunderlichen Mannes Natur tiefer erkennen will, muß ihn bemitleiden. Sein Verstand erfand sich eine Entschuldigung für das, was seiner Indolenz bequemer war. Der ringende Mensch, der verdrießliche, der unglückliche Mensch, der sein ganzes Leben auf *eine* Karte setzte, hier die Karte des Ruhms, glaubt sich von vielem dispensiert, was bei anderen strenger genommen wird, und milde Naturen haben in ihrer Beurteilung der Größe immer auch für diese Verirrung eine gewisse Nachsicht geübt.

Es war eine ziemliche Reihe von Jahren, daß Rousseau in der Mode war, und im Grunde ließ ihm die öffentliche Aufmerksamkeit bis an sein Ende keine Ruhe. Nach den ersten Triumphen, die er feierte und deren süßen Rückwirkungen auf sein Gemüt er sich ganz hingab, trat bald jene Krisis ein, die ihm zeitlebens den Ruf des Sonderlings verschaffte. Er hatte Täuschungen erlebt, sah die Schwierigkeiten seiner großen Stellung der Welt gegenüber ein, fühlte auch die Notwendigkeit, seine Lehre vom Glück des Naturzustandes in Einklang mit seinem eigenen Leben zu bringen. So zog er sich immer mehr in sich selbst zurück, lehnte Hingebung und Freundschaft ab, deren Quellen er fast immer für trübe erklärte, und wurde jener halb bewußte, halb unbewußte Sonderling, der uns selbst da, wo wir ihn künstlich nach dem Schein des Menschenhassers haschen sehen, eben um dieser Tragikomödie willen doch Mitleid einflößt.

Eine Bizarrerie verdrängte die andere, und das Unglück wollte, daß sich zu den Anfällen von Mißtrauen und Grausamkeit, die sich Rousseau gegen die aufrichtigsten Absichten erlaubte, immer auch Gründe vorfanden. Er hatte vielleicht nicht verletzt, aber sicher war er verletzt worden.

Der Gesinnung gegenüber, die er bald gegen die ganze Welt annahm, wurde ihm sein Haus von immer größerer und größerer Wichtigkeit. Er mußte einen Herd haben, wo das Feuer eines kleinen Mahls von Rüben oder Bohnen brannte, wo man ihn überraschte, um ganz Paris davon erzählen zu können; er mußte, sein System und sein Zynismus verlangten es, eine Dachkammer bewohnen, wo man ihn antraf, gleichsam wie die Bürger Roms Cincinnatus hinter dem Pfluge. Aber diese kleine letzte notwendige Zuflucht seines halb wirklich kranken, halb sich krank stellenden Wesens wurde ihm unausgesetzt verdorben durch Theresens Anhang und durch dies Wesen selbst. Immer noch hatte er das oberflächliche Wesen vertröstet auf Tage des Glücks, oft hatte er die blechernen Marken genommen und ihr in rosigen Farben, die ihm von Herzen kamen und ihn selbst rührten, die Hoffnung ausgemalt, einst würde sie dafür ihre Kinder wieder zurückgewinnen und mit ihnen würden sie in seine geliebte Schweiz ziehen, fern von der Lüge und Bosheit der Pariser. Aber auch Therese war die Lüge. Michel Labrousse, der einst über die Dächer entfloh, war aus dem Gefängnisse zurückgekehrt, und gewandt wie er war, ein gelernter Sattler, kam er in die Hände eines Bereiters, der Pferde zuritt. In prächtiger Uniform zeigte er sich in Ermenonville, dem kleinen Landhause des Herzogs von Luxembourg, das Rousseau bewohnte, auch als er schön mit Grimms Freunden gebrochen hatte und Frau von Franqueville und die Marschallin von Luxembourg, die in der Nähe dieses ländlichen Aufenthalts selbst ihre Sommervillegiaturen[3] machten, seine nachsichtigen und duldsamen Gönnerinnen geworden waren. Therese zeigte sich gegen Labrousse scheinbar harmlos, nahm den stattlichen Jockei auf wie einen alten Freund ihrer Familie, bald aber trat ihre Hinneigung offen zutage. Labrousse kam öfter, alle vierzehn Tage war er anfangs da, dann jeden Sonntag, und wohl durchschaute der schon alternde und kränkelnde Mann Theresens Betrug.

Es gefror ihm darüber sein Inneres. Eifersuchtsszenen waren seiner nicht würdig, sie würden Paris, das über ihn alles und jedes erfuhr, nur belustigt haben.

Als ihn aber einst der Zufall Zeuge der treulosen Umarmungen Labrousses und Theresens in den dichten Schatten des Parks, wo sie sich sicher glaubten, werden ließ, unterdrückte er jede Aufwallung des Zorns. Es war in einem wirklichen Mitleid um das Los, das einst seine Kinder finden würden, wenn er stürbe und sie zurückkämen an eine solche Mutter, daß er die Marken nahm, sie eine Weile betrachtete, noch eine Weile zögerte, dann sich endlich überwand und sie von sich schleuderte in den Teich von Ermenonville.

---

[3] Sommeraufenthalte auf dem Lande.

Die stillen Genien

Nach den Begriffen, die wir in der Regelmäßigkeit des Verlaufs unserer Lebensbedingungen unmittelbar in unserm Herzen heimisch finden, sind die Steine der Verurteilung der eben geschilderten Handlung bald zur Hand, wie sie auch genug auf Rousseau geworfen worden sind.

Wir lieben ein edles Mädchen, das uns gleich steht, wir gewinnen ihre Hand, und die Ehe schlingt ein Band um uns, das bald in seine Kreise auch Kinder aufnimmt. Wir lieben diese Kinder, sie sind das Unterpfand unseres Glücks, sie fesseln uns an das Leben, und wir leben zuletzt nur noch für sie. Gegen die Heiligkeit dieser Empfindungen hat sich Rousseau vergangen, aber es ist unwahr, wenn man seine Handlungsweise, seine Kinder dem Findelhause zu übergeben, ausschließlich die Folge herzlosen Leichtsinns nennt. In späteren Jahren fühlte er die Unmöglichkeit, sich vor der Welt vollkommen zu rechtfertigen. Die Feinde, die bis in seine nächste Nähe drangen – wie er ewig glaubte unter der Maske der Freundschaft –, drangen auch sehr bald in seine geheimsten Lebensbeziehungen, und die beiden Frauen, Therese und ihre Mutter, die ihn umgaben, hatten ihn auch oft genug wegen Preisgabe ihrer Kinder und Enkel angeklagt. Er vernichtete in dem Zorn und Haß auf die bösartige Pariser Welt die Marken auch schon deshalb, um das Gaukelspiel abzuwenden, das man veranstaltete, ihm eines Tages seine Kinder mit einer gewissen Feierlichkeit wieder zurückzubringen.

Grimm lud Mutter und Tochter zu sich und horchte Details über Rousseaus Leben aus, die er an deutsche Fürsten und die Kaiserin von Rußland als »literarische Korrespondenz« schrieb. Über Rousseau, den Zyniker, den Naturmenschen, den ehemaligen Bedienten und noch jetzt bei allem Ruhme unerschütterlichen Notenschreiber – er schlug die Pension einer Pompadour aus und ernährte sich nur vom Notenschreiben –, konnte man der Wunderlichkeiten nicht genug hören. Man forschte nach Rousseaus Kindern, aber man fand sie nicht mehr; die Marken waren vernichtet.

Düster grollend sah Rousseau alle diese geheimen Eingriffe in sein Leben, und immer maßloser wurde seine Sehnsucht nach Einsamkeit. Selbst in den Wintertagen blieb er im Park von Ermenonville, unter Sturm, der die entlaubten Bäume schüttelte, im Schnee, der rings auf den Wegen, auf den Zweigen gespenstisch leuchtete. Während Therese dann schlief am Spinnrad, Rousseau, ein Blatt Papier vor sich, an der »Neuen Heloise« schrieb und die Lampe düster brannte, sah er dann wohl im Geist geheimnisvolle Schatten um sich her schweben, Gestalten, die dies stille Haus im Walde so gern verwandelt hätten in einen Tempel der Häuslichkeit. Die lichten Engel nahmen die Züge seiner Kinder an. Zwei von ihnen hatten Flügel; diese waren wohl tot – das dritte, ein Knabe, den man Emil getauft hatte, trug noch keine Flügel; er lebte wohl noch. Schwere Seufzer entrangen sich der Brust des Armen, der mit Hülfe der Künste und Wissenschaften die Welt glauben machen wollte, daß Künste und Wissenschaften sie um den Frieden und die Reinheit ihrer Sitten gebracht hätten! Damals mochte ihm schon eine Ahnung gekommen sein, daß die wahre Philosophie nicht die Familie aus der Gesellschaft herleitet, sondern die Gesellschaft aus der Familie.

Rousseau hatte es nie gesagt, daß sein »Emil«, mit dem er die Erziehungsmethode des Jahrhunderts revolutionierte und der Vorgänger Pestalozzis, der geistige Vater aller Kinder des achtzehnten und neunzehnten Jahrhunderts wurde, eine Sühne war für das, was er an seinen eigenen Kindern verbrach. Nie konnte er sich ganz von der Vorstellung trennen, daß seine Kinder unter Theresens Leitung verloren gewesen wären, immer erklärte er sich für zu schwach, als daß er bei der großen Lebensaufgabe, die ihn drückte, ihr Schutz und Berater hätte werden können. Allein die Genien seiner eigenen Kinder waren es, die ihm die Feder in die Hand drückten und ihm zuflüsterten: »Schildere der Welt das Glück der Elternliebe! Schildere Kinder, die ihren Eltern die Mühe lohnen durch ihre Liebe!«

Die Wehmut war Jean-Jacques' Muse, als er den Müttern zurief: »Nährt eure Kinder an den Quellen des Wachstums und der Gesundheit, welche die Natur aus eurer eigenen Brust geleitet wissen will!« Die Wehmut war seine Muse, als er jeden, der ein Kind in die Welt gesetzt hatte, auch verantwortlich machte für dessen Bildung und Fortentwickelung. Er stellt ein Modell auf, das er Emil nennt. Er läßt Emil erzogen werden auf die Gefahr hin, einst alles zu verlieren und allein dazustehen im Leben, nur bezogen auf sich selbst, abhängig von sich selbst, ja, in Kerker und Banden noch frei zu sein,

sein eigener Herr und Meister. Rousseau sah voraus, daß Europa nicht bleiben würde, was es damals war. Er verkündigte das Zeitalter der Revolutionen. Die Menschen vorzubereiten auf die Umwälzungen, sie im Sturm der zusammenbrechenden alten Bedingungen des Daseins, der Stände, ihrer Unterschiede, nichts sein und bleiben zu lassen als Menschen, fähig zu allem Guten und Großen, das war nach ihm das Ziel, das die Erziehung nicht ernst genug ins Auge fassen konnte. Er wollte Arme erziehen, um Könige zu werden, er wollte Könige erziehen, um von ihren Thronen mit Würde zu steigen.

Das Parlament von Paris verurteilte den »Emil« zur schimpflichsten Vernichtung durch Henkershand. Der Verfasser entzog sich nur durch eine schleunige Flucht dem Schicksal, selbst verhaftet zu werden. So hatte sich die Zeit überlebt, daß die Gesetze und die Anwälte ihres Buchstabens denselben Autor verfolgten, den Fürsten und Fürstinnen beschützten! Der Herzog von Luxembourg gab Wagen und Pferde für eine Flucht seines Nachbars, deren Notwendigkeit Malesherbes in seiner Eigenschaft als Chef des obersten Gerichtshofs von Paris ihnen vorher angedeutet hatte!

Und das Opfer, das Rousseau den Manen seiner Kinder brachte, die er nie wieder sah, stieg mit wohlgefälligem Duft zur Vorsehung empor. Seine tiefste, geheimste, bitterste Reue wurde das Evangelium einer neuen Erziehungsmethode sowohl für die Mütter, die ihre Kinder wieder selbst nährten, wie für die Väter und Erzieher, die damals mit einem durch Rousseau über ganz Europa sich verbreitenden Enthusiasmus ein Geschlecht der Erde zu geben gelobten, besser, stärker, als sie selbst waren.

Therese blieb auf den Reisen, nach der Schweiz, nach England und, als bessere Zeiten kamen, nach Frankreich wieder zurück, die Begleiterin Rousseaus. Am Abend seiner Tage gab er ihrem Bunde sogar noch die Weihe der Kirche. Er war ihr den Dank schuldig – daß Gewohnheit, Alter und Mangel sie an ihn fesselten. Er lobt sie in seinen »Bekenntnissen«. Er rühmt ihr Sorgfalt und Liebe nach. Sie hatte kein völlig verdorbenes Herz, aber ihre Empfindungsweise war roh und bedurfte der Regelung erst durch guten Rat. Man kann sich des Gedankens nicht erwehren, daß Rousseau sie in den am Abend seines Lebens geschriebenen und hie und da schon verbreiteten »Bekenntnissen« nur deshalb rühmte, *weil er fürchtete, von ihr verlassen und dann ganz einsam zu sterben*! Ach, wenn sich der Mensch dem Grabe nähert, denkt er mehr, als er davon spricht, an die Bereitung seiner letzten Lagerstatt –!

Diese »Bekenntnisse« existierten nur im Manuskripte, sie wurden von ihm denen vorgelesen, die ihm in der Schweiz, in England, später noch einmal in Paris wohlwollten oder hinter Wohlwollen ihre Neugier versteckten. Therese war zugegen, wenn er las, sie hörte, was er Rühmendes von ihr geschrieben. Er rühmte sie, damit er sie ermunterte, des Ruhmes wert zu sein!

Armer Jean-Jacques! Du kranktest an dir selbst! Die Umstände drängten dir Gedanken auf, die du annahmst und predigtest, während tausend Stimmen oft in dir das Gegenteil riefen! So trotztest du wider dich selbst und zwangst dich, während deine Lippen Freiheitshymnen sangen, wie oft – dein eigener Tyrann zu sein! Die Furcht vor der Inkonsequenz zwang dir Konsequenz ab, und so mißtrauisch warst du gegen dich und die Welt, daß du selbst deiner sehnlichst erwarteten Todesstunde nicht trautest! Aus Besorgnis, sie könnte nicht kommen, beschleunigte Rousseau ihr Kommen.

In der Schweiz, gehetzt, verfolgt von den Genfern und Franzosen, auf der Insel Biel, wo dir nur eine Hütte noch gehörte, die rings die Welle eines kleinen Sees bespülte, an dessen Ufern die Häscher lauerten, dort hättest du jenes Gift nehmen sollen, das du in der glücklichen Freistatt nahmst, die dir Prinz Conti in Montmorency gewährt hatte!

Wie war dieser Selbstmord möglich? Doch wohl nur aus Furcht, aus selbstquälerischer Hypochondrie, aus Angst, so sterben zu sollen, wie man gemeiniglich stirbt. Rousseau tötete sich selbst, um freier zu sein als sein Schicksal. Er wollte sterben – *wollte* es, um nicht zu müssen.

Wie sich Rousseau in seinen letzten Lebenstagen oft nach der Liebe eines Kindes gesehnt hat, beweist seine Freude, als er einst in der Schweiz einem jungen Manne begegnete, in dessen Zügen er eine Ähnlichkeit mit seinen vor zwanzig Jahren ausgesetzten Kindern entdeckte.

Wie schmerzt es die Dichtung, zu erwiesene Wahrheit nicht entstellen zu dürfen! Glücklich hätte es uns gemacht, ausmalen zu dürfen, daß ein Jüngling schon lange die Fußtapfen des Greises suchte, ihm folgte, sich ihm näherte, seine Dienste suchte, ihn führte, ihn stützte, ihn Vater nannte und zur Rechtfertigung von alledem nichts zum Zeugnis gab, als daß er in einem Findelhause gefunden war, Emil hieß und nichts von seinen Eltern wußte – die Erfindung tritt beschämt zur Seite, verdrängt von der viel erwieseneren Tatsache, daß die Witwe Rousseaus noch Michel Labrousse, den Dächerflüchtling, heiratete.

Wenn jener Jüngling in der Schweiz nicht Rousseaus echter Emil, sondern nur dessen Sühnengel war, so bescheidet sich die Erfindung anzunehmen, daß es irdischer Formen für das nicht bedarf, was in einem unsichtbaren Reiche bewiesen ist.

Über tradition

Eigenes Buch veröffentlichen

tradition wurde 2006 in Hamburg gegründet und hat seither mehrere tausend Buchtitel veröffentlicht. Autoren veröffentlichen in wenigen leichten Schritten gedruckte Bücher, e-Books und audio-Books. tradition hat das Ziel, die beste und fairste Veröffentlichungsmöglichkeit für Autoren zu bieten.

tradition wurde mit der Erkenntnis gegründet, dass nur etwa jedes 200. bei Verlagen eingereichte Manuskript veröffentlicht wird. Dabei hat jedes Buch seinen Markt, also seine Leser. tradition sorgt dafür, dass für jedes Buch die Leserschaft auch erreicht wird.

Im einzigartigen Literatur-Netzwerk von tradition bieten zahlreiche Literatur-Partner (das sind Lektoren, Übersetzer, Hörbuchsprecher und Illustratoren) ihre Dienstleistung an, um Manuskripte zu verbessern oder die Vielfalt zu erhöhen. Autoren vereinbaren direkt mit den Literatur-Partnern die Konditionen ihrer Zusammenarbeit und partizipieren gemeinsam am Erfolg des Buches.

Das gesamte Verlagsprogramm von tradition ist bei allen stationären Buchhandlungen und Online-Buchhändlern wie z. B. Amazon erhältlich. e-Books stehen bei den führenden Online-Portalen (z. B. iBookstore von Apple oder Kindle von Amazon) zum Verkauf.

Einfach leicht ein Buch veröffentlichen: **www.tradition.de**

Eigene Buchreihe oder eigenen Verlag gründen

Seit 2009 bietet tredition sein Verlagskonzept auch als sogenanntes "White-Label" an. Das bedeutet, dass andere Unternehmen, Institutionen und Personen risikofrei und unkompliziert selbst zum Herausgeber von Büchern und Buchreihen unter eigener Marke werden können. tredition übernimmt dabei das komplette Herstellungs- und Distributionsrisiko.

Zahlreiche Zeitschriften-, Zeitungs- und Buchverlage, Universitäten, Forschungseinrichtungen u.v.m. nutzen diese Dienstleistung von tredition, um unter eigener Marke ohne Risiko Bücher zu verlegen.

Alle Informationen im Internet: **www.tredition.de/fuer-verlage**

tredition wurde mit mehreren Innovationspreisen ausgezeichnet, u. a. mit dem Webfuture Award und dem Innovationspreis der Buch Digitale.

tredition ist Mitglied im Börsenverein des Deutschen Buchhandels.

Dieses Werk elektronisch lesen

Dieses Werk ist Teil der Gutenberg-DE Edition DVD. Diese enthält das komplette Archiv des Projekt Gutenberg-DE. Die DVD ist im Internet erhältlich auf **http://gutenbergshop.abc.de**

Zeitfracht Medien GmbH
Ferdinand-Jühlke-Straße 7
99095 Erfurt, Deutschland
produktsicherheit@kolibri360.de